山东文化体验廊道故事丛书·下编

济南
历史文化故事

JINAN LISHI
WENHUA GUSHI

总编纂　王志民
主　编　董建霞

山东文艺出版社

图书在版编目（CIP）数据

济南历史文化故事 / 董建霞主编. — 济南：山东文
艺出版社，2023.9
（山东文化体验廊道故事丛书）
ISBN 978-7-5329-6977-7

Ⅰ.①济… Ⅱ.①董… Ⅲ.①历史故事—作品集—
中国 Ⅳ.①I247.81

中国国家版本馆CIP数据核字（2023）第153822号

济南历史文化故事

JINAN LISHI WENHUA GUSHI

总编纂　王志民　　主编　董建霞

主管单位　山东出版传媒股份有限公司
出版发行　山东文艺出版社
社　　址　山东省济南市英雄山路189号
邮　　编　250002
网　　址　www.sdwypress.com

读者服务　0531-82098776（总编室）
　　　　　　　0531-82098775（市场营销部）
电子邮箱　sdwy@sdpress.com.cn

印　　刷　山东临沂新华印刷物流集团有限责任公司
开　　本　880毫米×1230毫米　1/32
印　　张　7.5
字　　数　158千
版　　次　2023年9月第1版
印　　次　2023年9月第1次印刷
书　　号　ISBN 978-7-5329-6977-7
定　　价　59.00元

前　言

　　党的二十大报告明确提出："坚守中华文化立场，提炼展示中华文明的精神标识和文化精髓，加快构建中国话语和中国叙事体系，讲好中国故事、传播好中国声音，展现可信、可爱、可敬的中国形象。"习近平总书记在文化传承发展座谈会上深刻指出，要在新起点上继续推动文化繁荣、建设文化强国、建设中华民族现代文明。编纂出版《山东文化体验廊道故事丛书》（以下简称《丛书》）是深入学习贯彻党的二十大精神和习近平总书记重要指示精神，贯彻落实山东省委、省政府关于打造文化"两创"新标杆部署要求的重要举措，是立足山东文化资源优势，以沿黄河、沿大运河、沿齐长城、沿黄渤海和沿胶济铁路等文化体验廊道为轴线，以各市文化体验廊道建设为着力点，撷取历史文化精华的大型普及性学术工程，是在新的历史起点上讲好山东故事、坚定文化自信、推动文化繁荣、促进文旅结合的重点文化项目。

　　山东，古称"齐鲁之邦"，是中华文明最重要的发源地之一。奔流的黄河由山东入海，齐鲁大地是黄河文明的核心区域之一。巍峨屹立的泰山，自古以来就是历代帝王封禅之地，是中国东方上层文化的活动中心，1987年被联合国教科文组织列为中国第一个世界文化、自然双重遗产。黄渤海环绕的山东半岛是全国最大的半岛，漫长海岸线形成了丰厚的海洋文化资源，一直是中国北方海上丝绸之路的重要门户。山东又是伟大思想家、教育家孔子和孟子的故乡，是儒家文化的发源地，是中国人乃至全球华人、华裔心中的"圣地"。在被称为中华文明"轴心时代"的春秋战国时期，齐鲁是中华文明的"重心"所在：诸子百家，多出齐鲁；儒墨显学，独领风骚。齐国故都临淄，是当时最大的工商业都城，被国际足联命名为"足球起源地"；这里诞生了中国历史上最早的大学堂——稷下学宫，是诸子百家争鸣的学术文化中心；齐长城西起济水，东到大海，蜿蜒于泰沂山脉，全长一千余里，是现存最早的有准确遗迹可考、保存状况较好的古代长城；被列为世界文化遗产名录的京杭大运河，纵贯山东南北，极大影响了元明清以来山东地区的经济文化发展，鲁西沿岸城市带的崛起，成为中国南北文化交流融合的运河明珠，见证了山东地区社会文化的隆替嬗变。近代以来，随着烟台、青岛等沿海城市的崛起和胶济铁路的修筑，山东成为中西文化交流、冲突、碰撞、融合的核心地区之一，收回青岛主权成为"五四"爱国运动的导火索。革命战争年代，山东党政军民用生命和鲜血凝聚而成的"党群同心、军民情深、水乳交融、生死与共"的"沂蒙精神"，是齐鲁优秀文化、伟大建党精神与中国共产党领导的人民革命英雄主义精神的集中体现，是对山东境内沂蒙、胶东、渤海、鲁西（冀鲁豫边区）

等抗日革命根据地红色文化、革命精神的集中凝练和概括，与延安精神、井冈山精神、西柏坡精神等一起成为中国共产党人精神谱系的重要组成部分。齐鲁文化在中华文明发展中的特殊地位，山东地区源远流长、丰富厚重的文化资源，坚定文化自信和自觉的历史责任担当是我们举全省之力编纂《丛书》的内在动力。

《丛书》以国家文化公园建设为引领，以落实文化"两创"、推动"两个结合"为宗旨，以推动全省及各市文化建设为目标，是具有权威性、故事性、可读性、趣味性的历史故事集成，是一套可携带、可利用、可转化的文化读本。《丛书》分为上、下两编，上编16本，围绕"四廊一线"文化体验廊道、八大文化传承发展片区展开。"四廊一线"构筑的沿黄河、沿大运河、沿齐长城、沿黄渤海、沿胶济铁路的文化交通线纵横交错，相互联系又各具特色，其特点是以脍炙人口的故事形式联通"四廊一线"的人物事迹、重点景区、遗址遗迹等，厚植文化体验廊道的思想内涵和文化底蕴。八大文化传承发展片区，既涵盖了沂蒙、渤海、鲁西、胶东四大红色文化片区，又吸收了泰山文化、儒学文化、齐文化作为重要支撑，演奏出山东历史文化、革命文化、社会主义先进文化的时代交响。下编16本，紧紧围绕各地市优势和特色展开，主要记述本地区历史故事、文化遗址与人文景观、非物质文化遗产等内容，是推动文化廊道落地、推进片区文化建设、增强文化认同、深化文旅体验的重要载体。

《丛书》由山东省委常委、宣传部部长白玉刚统筹谋划和指导，省委宣传部专门组建学术编纂委员会负责具体实施，省直各有关部门和各市委宣传部给予大力支持配合，省内相关高校、研究机构和各市有关单位共100余位专家学者积极参与，历经酝酿策划、启动实施、提纲设计、样稿研讨、通稿审稿、编辑出版等六个阶段。2022年以来，省委、省政府先后印发《关于打造中华优秀传统文化"两创"新标杆行动计划（2022—2025年）》《关于建设文化体验廊道推动文旅融合高质量发展的实施计划（2023—2025年）》，全方位挖掘展现山东人文沃土可以深度耕作的比较优势，为《丛书》编纂做好了思想、学术和组织准备。具体编纂过程中，省委宣传部专门印发《关于做好〈丛书〉编纂工作的指导意见》，统一思想认识，作出全面部署。编委会以线上线下形式，多次召开全体会议和分组专题会议，狠抓三个重要工作节点：**一是审定编撰提纲。**通过反复研讨、交流、修改、会审等形式逐一审定编写提纲，最大程度保证全书质量。**二是树立样稿典型。**集中力量撰写、反复研讨修改，确定分类样稿，做好典型导引。**三是全力做好通稿统审。**采用主编初审、各卷主编交流互审、学术专家主审、首席专家终审等层层把关、集中审查、反复修改的方式提高稿件质量。

回顾《丛书》编纂工作，始终注意把握好以下四个方面：**一是坚定文化自信。**通过挖掘历史资料、开发历史资源、恢复历史场景等形式，获取文化营养，坚定文化自信。**二是助推文化自觉。**通过传承弘扬优秀传统文化、红色文化、社会主义先进文化，深入挖掘历史先贤和革命先烈的伟大事迹，推动文化自觉，与培育践行社会主义核心价值观有机结合。**三是落实文**

化"两创"。精选真实历史故事，注重挖掘故事背后的文化内涵，推动齐鲁优秀传统文化在新时代创造性转化和创新性发展，推进文化自信自强。**四是服务文旅融合。**借助故事、景观、遗址、非遗讲解词、短视频等融媒体形式，让广大读者在区域文化旅游、廊道文化体验中感受中华文化的博大精深，增强民族自豪感和自信心。

在内容撰写上注重四个结合：**一是与廊道体验相结合。**突出廊道建设概念，以故事为纬线，以时代发展为轴线，通过富有魅力的故事讲述，展示历史人物、景观、史实，引领读者体验传统文化的恢宏气势和博大精深。**二是与景观建设相结合。**以真实动人的故事为景观建设提供重要的历史资源和文化依据，通过一个个精品景观建设展示历史故事的丰富内涵和当代价值。**三是与文物保护相结合。**通过讲述历史故事，让广大读者进一步了解相关文物、遗址的历史文化价值，提升文物保护意识，推动群众性文物保护工作再上新台阶。**四是与媒体利用相结合。**立足于故事转化，使故事成为各类媒体传播的重要基础、蓝本和素材，成为廊道文化、片区文化讲解、传播的重要学术依据和资料来源。

《丛书》的编纂出版，是普及、传播优秀传统文化，推动文化"两创"的新尝试。衷心希望广大读者通过阅读本书，吸收丰富文化营养，多提宝贵修改意见。

编者

2023 年 8 月

导　语

　　济南南依泰山，北跨黄河，山清水秀；济南历史悠久，经济昌盛，人文荟萃。

　　泉水是济南最奇伟靓丽的自然造化。

　　济南的泉数不清，越数越多，据最新统计，已达 1209 处；济南泉水甲天下，名泉七十二处。江西修水人黄庭坚说："济南潇洒似江南。"济南历城人王苹心有不甘："可怜只说似江南。"王苹之叹不是出于狭隘的家乡情感，江南与济南，不可区分高下优劣，唯有特色不同，各有千秋，各显风流。

　　泉水是济南的姓名。

　　济南最早的名称"泺"，见于甲骨文，以泺水而名；最终的名称"济南"，则因济水而名。济南各地的乡镇、村落、街巷，以泉水为名者甚多。

　　泉水是济南的形象。

　　古往今来，济南最为文人雅士所倾倒者，就是泉水，他们留下了大量歌咏济南泉水的诗文，侯林、王文《济南泉水诗全编》收录的清代歌咏济南泉水的诗就有 3437 首。泉生诗，诗彰泉，济南由"泉城"而成"诗城",自然的泉水便成为文化的泉水。

"一城山色半城湖",济南的山因泉水而更加清秀灵动,水与山相映、相间,形成一幅美丽的山水画卷,山、泉、湖、河、城相映成趣、浑然一体,成为济南城的特色。

大自然的造化,使济南成为"天下泉城"。

九千多年前,在这片水土丰美的土地上,先民创造了后李文化,拉开了济南历史文化的序幕。后李文化—北辛文化—大汶口文化—龙山文化—岳石文化,一脉相承,使济南成为中华文明的重要发祥地。当龙山文化发祥之时,舜耕历山,农耕文明与伦理教化由此开篇。

入商,大辛庄遗址考古发现表明,这里是商王朝经略东方的桥头堡。

周灭商,齐国肇兴,济南是其西部边陲重镇,地接鲁、晋("三家分晋"以后又毗邻赵国)。这里成为三个诸侯国角逐的主战场,齐晋鞌之战、齐鲁长勺之战、十二诸侯联军攻齐等在这里发生。这里是齐长城的起源地。这里也成为文化的交汇地,齐风、鲁韵、晋文,多元荟萃,气象万千。故此,济南文化既有齐文化的开放创新精神,又有鲁文化的重礼尚义传统,还有一些晋文化的慷慨豪放。济南文化的个性基因由此奠定。

入汉,因济水而名的"济南",成为这方土地的最终名称,位于明水泉域的东平陵成为济南的中心城市。至西晋永嘉年间,济南的中心西移历城,民间遂有"先有东平陵,后有济南府"之谚。造成这次统治中心西移的原因,与战乱有关。但是,却使济南的泉水中心与城市中心合二为一,济南遂成"泉城"。

宋金之时，小清河开通，水道入海，使济南水陆皆通。运河山东段通航以后，济南的地理位置更加突出。洪武元年（1368），济南成为山东的省会。咸丰五年（1855），黄河夺大清河道入海，济南又成为"母亲河"上的一颗明珠。

及至近代，济南自开商埠，胶济、津浦铁路相继贯通，济南成为南北东西交通枢纽，四方辐辏，商贾云集，万货云集，涌现出孟洛川、乐镜宇等见利不忘义的大商人。古今中西文化在此交流、碰撞，济南成为新文化、新思潮的重要策源地，为马克思主义思想的传播提供了条件，造就了王尽美、邓恩铭两位中国共产党的创始人，他们播下的火种，铸就了济南辉煌的红色文化。

源远流长的历史文化为济南留下众多的遗址胜迹：龙山文化的命名地——城子崖遗址、大秦帝国的族源地——嬴城遗址、发现"山东大汉"的地方——焦家遗址、齐长城唯一的关城——青石关、中国现存最早的石筑石刻房屋——孝堂山郭氏墓石祠、天下四大名刹之一——灵岩寺、中国现存唯一的隋代石塔——四门塔、始建于1500年的石拱桥——永济桥……还有丰富多彩的非物质文化遗产：圣旨御赐的九天贡胶——福牌阿胶、老济南人的中秋记忆——兔子王、中国最早的卡通动画——济南皮影戏、北方男子舞蹈的代表——鼓子秧歌、扛在肩上行走的戏台——章丘芯子、季羡林赞不绝口的美食——油旋……

地灵人杰，在济南历史发展的长河中，济南本土，名士辈出；八方名士，纷至沓来，素以"济南名士多"著称。本土名士如扁鹊、终军、房玄龄、秦琼、李清照、辛弃疾、张养浩、李攀龙、李开先、周永年、马国翰、孟洛川、武中奇，等等；外籍名士如李白、杜甫、曾巩、苏轼、苏辙、元好问、赵孟頫、蒲松龄、顾炎武、刘鹗、老舍，等等。本土名士与外籍名士群星璀璨，交相辉映，"名士文化"成为济南文化中的最重要的人文元素。

济南历史上的人与事，往往超越地域，具有全省全国的意义。譬如，舜成为中华民族的文化图腾，中国政治清明的理想时代，故言必称"尧舜"。城子崖龙山文化遗址的发掘，不仅使这里成为龙山文化的命名地，更为中华文明本土起源提供了强有力的证据，打碎了中华文明"西来说"。齐长城是中国最古老的长城，济南也就成为中国长城的起源地。济南"二安"李清照、辛弃疾成为宋词婉约派、豪放派的代表。诸如此类，不一而足。

今日之济南已成为全国特大城市。在山河之间 10244.45 平方千米的土地上，分布着 10 个区、2 个县；截至 2022 年，常住人口达到 941.5 万人。

在源远流长的济南历史上发生的每一个事件，走过的每一个人物，留下的每一份遗产，都有着动人的故事，彰显着济南特有的文化色调。为更有效地推动中华优秀传统文化创造性转化、创新性发展，我们从济南历史、文化遗址、人文景观、非物质文化遗产等方面，遴选具有"济南标识"的事项，编为《济南历史文化故事》，挖掘呈现济南的历史面貌、区位特色、人文精神、文化个性，使济南成为山东文化体验廊道上的一颗璀璨明珠，让"天下泉城"走出山东，走向世界！

目　录

一

济南往事

济南地处鲁中山地和华北平原的接合部上，泰山岩岩，黄河汤汤，百泉竞发，山水相济，孕育出悠久厚重的文明，创造出璀璨夺目的文化。千百年来，无数风云人物在泉城大地上书写了许多千古传颂的传奇故事。这里有千年古城沧桑变迁的故事，有惊心动魄的战场故事，有开拓创新的发展故事，有彪炳史册的红色故事，无不传递出自强不息、开拓创新的精神力量。千年文脉，万古流芳。翻开历史的扉页，探寻一座古城的往事，寻找文明的足迹。

（一）古城传奇

1. 先有平陵城，后有济南府
济南统治中心的变迁

济南历史源远流长，早在新石器时代早期，先民们就在这里繁衍生息，燃亮文明的薪火。周代，济南地区有章丘的潭国、长清的邿国、济阳的逄国、莱芜的牟国等多个发展中心。汉初置济南郡，郡治东平陵成为济南地区的统治中心。西晋时期，济南郡治西迁至历城，开启了济南城市发展的新篇章。因此，济南民间有"先有平陵城，后有济南府"的说法。

东平陵城位于章丘区龙山街道，在龙山文化发祥地城子崖遗址东北约两公里处，筑城于春秋时期。在秦代为平陵县县治所在地，属齐郡。汉高帝时，分济北郡南部置博阳郡，郡治博阳（今属泰安）。汉惠帝末年，博阳郡的治所从博阳迁至平陵。因郡地及治所都在济水的南岸，便改博阳郡为济南郡，"济南"这一地名就此诞生。又因当时右扶风也有一个平

东平陵故址

陵（今陕西咸阳西北），故改"平陵"为"东平陵"以别之。郡治东平陵由此进入了快速发展时期，特别是汉文帝时，刘辟光被封为济南王，以济南郡置济南国，东平陵又成为济南国的王都。城中大兴土木，雉堞高峻，城区面积达四百万平方米；这里冶铁业、手工业发达，汉章帝曾把珍藏的三把宝剑，亲自题名赐予三名功臣，其中之一便有来自东平陵城的"济南椎成剑"。两汉四百余年间，东平陵发展成为繁华的都市，是济南地区政治、经济、文化中心。

东汉末年起，百余年的战乱让济南一带的人口锐减。东平陵作为地区行政中心，城市屡遭破坏，经济饱受摧残，人口流失严重。西晋的短暂统一，让东平陵得到了一定恢复，但好景不长，八王之乱及紧随而至的永嘉之乱，使北方社会陷入了长期混乱。济南地区的官僚士族地主逐渐失去了他们的政治和经济地位，开始大规模南迁，东平陵城迅速衰败。

晋永嘉年间（307—313），济南郡治由东平陵迁至历城，从此确立了历城作为济南区域中心的地位。历城原称历下，筑城时间稍晚于东平陵城，汉景帝时始设历城县。济南郡所辖各县中，东平陵与历城的经济最为繁荣，是两座核心城市。历城成为郡治后，城市规模得以扩大。元嘉九年（432），刘宋政权将失去大部分辖地的冀州治所迁至历城。历城的行政地位陡然而上。北魏统一北方后，改冀州为齐州，仍侨治历城。此后的数百年间，历城一直是郡、州的治所，而东平陵只是一座县城。

唐贞观十七年（643），齐王李祐谋反，东平陵县的士绅不从，李君球率众依仗平陵城高大的城墙加以抵抗。战乱平息后，唐太宗改东平陵县为全节县，嘉其忠节。唐代的平陵城已无冶铁、水运优势，人口凋敝，未能再次恢复繁荣。元和十年（815），全节县并入历城县，历经千年沧桑的东平陵城自此消失在历史长河里。

北宋初年，济南地区仍称为齐州，治历城。政和六年（1116），又升齐州为"济南府"，驻历城，为府治之始。济南置府，政治地位大大提升，促使其经济、文化繁荣发展。至1913年废除府州建制，"济南府"存在了近八百年。

"先有平陵城，后有济南府"，形象概括了济南统治中心变迁的历程，也展现了章丘历史之辉煌、文脉之绵长。

2. 布政司街往事

济南何时成为山东省会

在济南中心城区，从山东省政府南门往南，到泉城路，是"省府前街"；省政府东、西两条街巷，名为"省府东街""省府西街"。在明清两朝，这条大街叫作"布政司街"。布政司街过去分为"大布政司街"和"小布政司街"。省府前街，老济南人俗称"大布政司街"；省府东街、省府西街，俗称"小布政司街"。这里是明清时期"山东承宣布政使司"所在地。

承宣布政使司是山东最高行政机构，始设于明朝洪武九年（1376）。在此之前，洪武元年（1368）设置的山东最高行政机构是"山东等处行中书省"（简称"山东行省"）。行省衙门所在地，叫作"省治"，今多称"省会"。山东行省的省治，古往今来有两种说法相持不下：

一说洪武元年设置山东行省，省治在益都（今山东青州），洪武九年，省治迁往济南，不久山东行省改名为"山东等处承宣布政使司"。嘉靖十二年（1533）刊行的《山东通志》，即持此说。

一说山东行省的省治一开始就在济南。嘉靖二十年（1541）刊行的《大明一统文武诸司衙门官制》，即主此说。入清朝以后，两说并存，相持不下。迄今为止，两说依旧难分是非。

济南何时成为山东省会，成为一个尘封了五六百年的历史悬案。从明朝中期以来就搞不清楚的这个悬案，现今还能破解吗？

我们找到了一把打开这个迷宫的钥匙——汪广洋的诗集《凤池吟稿》。

洪武元年四月十一日，朱元璋诏令设置山东行省，调江西行省参政汪广洋为山东行省参政，他是明代山东行省第一任行政长官。

汪广洋出任山东行省参政的行迹，隐藏于他的诗集《凤池吟稿》中。从这部诗集来看，他赴山东上任，山东段的行程是：曹州—定陶—巨野—嘉祥—济宁，然后乘舟沿运河北上。他赴任的目的地是济南，在济南期间写的诗篇中，有明确地点的有：《历下亭临眺》《趵突泉》《题王明府历下秋兴图》《历下秋夕》《秋日济南闻莺》《中秋写怀》《济南八月一日闻雁》《济南喜得家书二首》。另外，《过故翰林李慨之天心水面亭遗址》中有"大明湖上贮清秋"之句。当年十一月，他奉调回京，从济南南下，经泰安—大汶口—曲阜—滕州—峄州而南。

《凤池吟稿》中的汪广洋行迹是去济南、在济南、离济南，没有任何去益都、在益都、离益都的记载。凡此可证洪武元年四月十一日设置山东行省，省治在济南，不在益都。

在汪广洋欣赏济南秋色的时候，浙江按察使司佥事熊鼎走马上任山东按察使司佥事。在明初文史大家宋濂所作《故岐宁卫经历熊府君墓铭》中，我们发现了这样一桩事：

元朝的"山东东西道肃政廉访司"衙门，宏伟壮丽，富丽堂皇。从机构职责上讲，大明的山东按察使司是元朝的山东肃政廉访司之延续，山东肃政廉访司衙门应由熊鼎接管。但是，汪广洋先到一步，抢占了山东肃政廉访司衙门，在那里筹建山东行省。有人建议熊鼎行文给汪广洋，要他让出山东肃政廉访司衙门，熊鼎说：为官关键要看工作干得如何，衙门是否宏伟无关紧要。他在城北找了一处低矮狭小的房子，在那里怡然自得地办公。汪广洋听说后，告诫属下：这是个真正的监察官，你们千万不要冒犯他。

这个故事不仅为山东行省的省治在济南提供了佐证，而且还告诉我们：元朝的山东肃政廉访司衙门被汪广洋改置为山东行省衙门，地址就在今山东省府那一带。

3. 德王宫西北缺一角

济南的王府

民间俗语讲："宁让门前有一坟，不让西北缺一角"，但济南著名的德王宫自建成起就缺西北一角。这其中的缘由始末，伴随着德王宫的兴建败落，至今在济南广为流传。

德王宫是明代亲王德王的府邸。明天顺元年（1457），明英宗朱祁镇复辟即位，复立长子朱见深为太子，同日封其余四子为德、秀、崇、吉四王，德王为朱见潾。德王的封地最初在德州，但朱见潾嫌德州地方贫瘠，遂以风沙过大为由，奏请改封济南，但这一请求却未得到英宗的批准。直到成化元年（1465），明宪宗朱见深继承皇位，始准德王改驻济南。济南城内开始大兴土木，大规模拆除民宅，并将原山东都指挥使司迁走，修建了规模宏大的宫城。

德王宫是在元代济南公张荣府邸原址扩建而成，是明季济南最大、最豪华的建筑群，《乾隆历城县志》称"德藩，济南府治西，居会城中，占三之一"。它东至今县西巷，西至今芙蓉街，南至今泉城路，北至后宰门街。宫城四周有两丈多高的宫墙，四面各辟宫门。宫门前立有高大的牌坊，坊额题字"钦承上命""世守齐邦"。王宫内有三座大殿，分别称名为承运殿、圜殿和存心殿。宫城内的珍珠泉及濯缨湖为西苑，珍珠泉上建有渊澄阁，阁后为孝友堂和燕居斋。濯缨湖是由珍珠、散水、溪亭诸泉汇聚而成，广数十亩。王宫内还开凿有玉带河，并营造画舫等园林景观。明代儒士刘敕赞叹道："世称人间福地，天上蓬莱，不是过矣。"

本应方正规整的王宫，自建成起就缺西北一角。坊间传闻，这里原为居民毛氏的宅院，建造宫城时欲以巨款收购毛宅，毛二坚决不卖，还以死抗争，在当年六月一日自杀身亡。有关官员把这件事汇报给了德王，朱见潾就让人将宫城西北一角省去，以示过失。这一带后来形成小巷，便被居民称为"毛二巷"。

明末诗人王象春曾记录济南民间的一个传说，每年六月初一，毛二巷里响起一阵阵凄切悲戚的哭声，几天后巷中一处院墙轰然倒塌，哭声才停止。济南人认为这是毛二冤魂不散的缘故。因此，每逢六月初一毛二忌日，附近居民就划船去湖中摆供，以慰藉毛二的冤魂，久而久之成为当地习俗。王象春还特意为超度毛二亡灵作诗一首，诗云："咸阳官阙已成尘，毛二蜗居可认真？鬼哭城崩当六月，几时秋雨灭青磷。"

另据传闻，德王宫位于济南府城中心，西北方是始建于宋代的府学文庙。德王虽然强势，但在儒家文化发源地的齐鲁大地，却不敢让孔夫子挪动位置，所以将王宫的西北角少建了一部分，并留下了一条夹在宫城和文庙之间的斜路，即为毛二巷。

明崇祯十二年（1639），清兵攻占济南城，德王宫被焚毁，结束了其百余年的历史。

4. 三山不显，四门不对

济南的城门

"三山不显出高官，四门不对出王位"，这是流传甚广的一句济南民谚。意指古济南独特的人文地理景观造就了这里名人辈出，寄寓着人们的美好愿望。

"三山"源自中国古代传说中的"三神山"。传说东海漂浮着五座神山，五山之根无所连箸，常随潮波上下往返，为神仙的居所。后二山飘去不知踪迹，只剩方壶、瀛洲、蓬莱三座神山。"三山"一直是人们梦寐以求的风水吉壤，世人热衷于寻找特殊所在，并冠以"三山"名号，以寄寓美好期盼，许多城市都有属于自己的"三山"。济南三座山的名称传说不一，被当地民众所公认的是历山、铁牛山、灰山。传言这三座山湮没于地下，山体相连，只露出山顶的岩石。其中，历山作为"三山"中名声最盛的一座，并非俗名千佛山的历山，而是在济南城中的古历山，"齐州城东有孤石平地耸出，俗谓之历山"。据载，齐州历山有上古时代留存下来的铁索，粗如粗臂，把历山环绕。相传这座山原本位于海中，山神喜欢四处移动，海神便用锁链将它锁住。有一天，历山山神挣断铁链，落到济南城，因而山上残存着铁链。铁牛山是一块长约五尺、高二尺有余的大铁块，黝黑有光，质地坚硬，状如卧牛伏地，只露脊背在外。当地传闻，铁牛是前人所铸的镇城神物，夜间还会幻化成神牛四处游走。又因铁牛位于玉带河畔，所以也有传闻铁牛是镇水之物，下面镇压着一处海眼，在其周围挖土则铁牛随水而隐，将坑填埋则铁牛仍会露出水面。灰山是一块平地突起、表面凹凸不平的灰黑色"怪石"，在大明湖南岸的汇泉寺街。据传，灰山每天生灰若干，若扫净，第二天依然如故。至于为何见不到这等奇景，一种说法是1949年冬，一邓姓妇人深夜外出，冲撞了"灰仙人"；另一种说法是20世纪60年代中期，灰山附近有一老者醉酒后将灰山打断一角，从此灰山不再生灰。

"四门不对"，指的是济南古城的四个城门互不相对。不同于其他古城中轴线对称分布的格局，明清时期济南府城南门

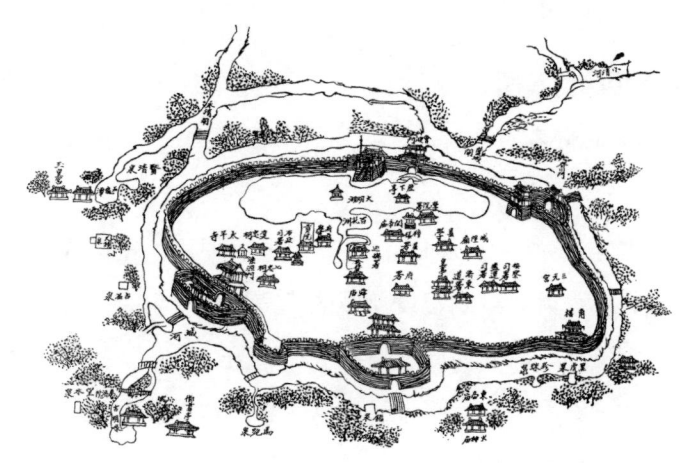

清代济南府内城图

略处正中，西门偏南，东门偏北，北门偏东。究其原因，则与济南城所在区域地势不平且水系发达有关。济南东南方向地势较高，为避免夏季洪水灌入城内，故偏北设东门齐川门；南门历山门在南城墙的偏东处，但以整个济南城边界来看，它处于正中位置；因大明湖占据较大面积，且水域直至孝感寺，故从西城墙正中开城门意义不大，故西门泺源门偏南；北门汇波门为水门，位于大明湖出水口，故偏东。

其实，"三山不显""四门不对"均意指济南城地理地貌的独特之处。城中的三座"山"，是三处以孤石为中心的高埠，济南城就建造在这三座"山"上。又因济南是山东省会，城中官署众多，也就有"三山不显出高官"之说。源于自然地理条件的限制，济南府城四门互相不对称，且因明代德王宫是济南府城的中心，每一座城门都可快速通往宫城，所以就有"四门不对出王位"之语。

5. 济南经纬倒着摆

商埠区的街名

清光绪三十年（1904），济南自开商埠后，在老城西关外划定商埠区，开始规划建设新城区。商埠区规划的一大特色就是"经纬路"，将东西向道路统一命名为"经路"，南北向道路命名为"纬路"，后缀序号加以区分。这不仅让人联想到地理上使用的经纬坐标系统——经线也称子午线，其定义为地球表面连接南北两极的大圆线上的半圆弧，是南北方向的；纬线定义为地球表面某点随地球自转所形成的轨迹，是东西方向的。就方向而言，商埠道路的"经纬"与地理概念上的"经纬"完全相反，这种经纬"倒着摆"的现象曾让很多来济南的外地人摸不着头脑。

关于地名经纬倒置的原因，流传有许多说法。有传闻说是张宗昌督鲁时，建设厅来员汇报如何给商埠道路命名。张宗昌看到桌上放着的地球仪，便随口说用经纬线命名，但因他把方向记反，遂以东西为经、南北为纬，将错就错，延续至今。还有一种说法，因济南近代纺织业发达，有人据此推断，经纬路是依据织布机上的长短线命名的。织布机的长线为经，短线为纬，而商埠东西路长，南北路短，所以这样命名。事实上，商埠的道路网是有明确规划的。商埠紧靠胶济铁路，以利于商品货物的流转。道路网呈方格网形式，东西向道路为宽阔的主干道，南北向道路为相对较窄的辅路。主干道并不完全是东西正

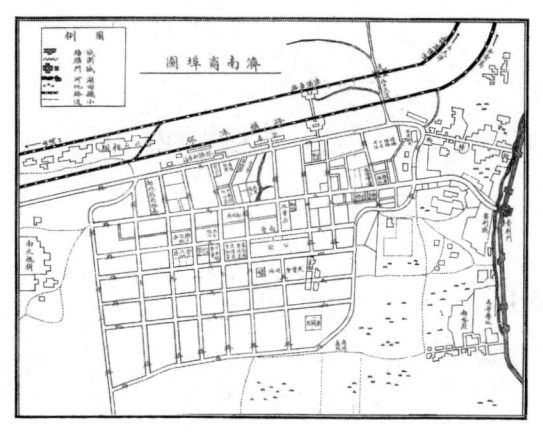

济南商埠图（1914）

向，而是与胶济铁路的走向平行，这是为了避免道路与铁道相交而产生不便。

商埠建设之初，并没有"经纬路"，而是将东西向主干道命名为"马路"，南北向辅路命名以"纬路"。今天的经一路、经二路、经三路，最初的名字分别是"大马路""二马路""三马路"。为什么直白地以"马路"为名呢？一百多年前的中国，"马路"是一个特殊的词汇，只有按西式筑路法修造的才能称为"马路"，这是"马卡丹路"的简称。"马路"与中国传统道路的区别，在于马路是蒸汽压路机压筑的，有路基、路面、纵坡。这在当时还是一种新鲜事物，所以直呼其名，以"马路"命名了。南北向辅助道路窄且短，取穿插之意，称之为"纬路"。直到20世纪20年代初，商埠建设当局将"马路"改称为"经路"，自此才有了"经纬路"的命名体系。

"经一纬二""经三纬八"……这种独特的地名坐标，一直沿用至今，讲述着济南商埠曾经的兴盛与繁荣。

（二）事件揭秘

1. 舜耕历山

大舜在济南的传说

舜是"垂儒家道统、开华夏文明"的圣王，是中华道德文化的始祖，《史记》称"天下明德皆自虞帝始""舜之德可谓至矣"。舜，姓姚，名重华，号有虞氏，是我国上古时代父系氏族社会末期部落联盟首领。大舜早年曾转徙于各地，从事过农工商渔等各项生业，历山是其耕稼之地。据说，舜耕稼的历山即济南的千佛山（也曾名舜耕山）。舜耕历山，在济南留下许多传说，为这座古城增添了几分厚重而神秘的色彩。

相传，舜的父亲瞽叟是位盲乐师，母亲早逝，瞽叟又续娶了妻子，生下儿子象。后母凶悍泼辣，弟弟象嚣张跋扈。舜虽然勤劳能干，任劳任怨，十分孝顺，但总是被百般虐待。舜被迫离开家，来到历山下搭棚居住，开荒种田。当时，历山一带杂草横生，乱石遍地，舜每天起早贪黑地劳作。一天，舜正在费力地刨地，只见一只大象从对面山上走过来，一直走到舜垦荒的地方，用鼻子卷走一块块石头，用尖利的牙齿开始耕地。象力大无穷，一个时辰不到就刨了一大片地。舜就开始训练大象来耕地。种上庄稼后，地里杂草丛生，舜正发愁，突然飞来一群群的小鸟，蹦蹦跳跳地帮助啄去地里的杂草和害虫。舜历山垦荒，"象耕鸟耘"的故事也就成了千古美谈。

有一天，疲惫的他正在田头休息，抬头望见一只母斑鸠带着一只小斑鸠在飞，那母斑鸠不时捕捉飞虫来喂小斑鸠，那么温馨美好。舜感慨万端，思念起自己的母亲，便情不自禁地唱起《思亲操》："陟彼历山兮崔嵬，有鸟翔兮高飞，瞻彼鸠兮徘徊。河水洋洋兮清泠，深谷鸟鸣兮嘤嘤，设罝张罜兮思我父母力耕。日与月兮往如驰，父母远兮吾将安归？"大意是：登上那高高的历山啊，有鸟儿在空中飞翔。看那鸟儿来去徘徊啊，听那河水洋洋流淌。深谷的鸟儿在嘤嘤鸣叫，而我啊思念那辛苦耕种的爹娘。时间一去不复返啊，父母在远处我又在何方？舜无时无刻不在思念着父母，常常仰对苍天而哭泣，怨恨自己不得父母的欢心。

《史记》中还有"舜耕历山，历山之人皆让畔"的记载。原来历山一带的人们开荒耕地的时候，经常争夺田界处空隙地。大舜来到历山后，主动让出田地，还帮助百姓耕种，在他的感化下，大家不再争夺田地，而是互相谦让了。

当时的部落首领尧听说了舜的孝行，想把他培养为接班人，便把自己的女儿娥皇、女英嫁给他，进一步考察他。舜的后母和弟弟象更加嫉妒他了，千方百计陷害他。有一次，后母和象密谋让舜去淘井，然后落井下石，将他埋在井里。娥皇、女英知道后，赶制了一件蛟龙衣给大舜穿上。果然，舜刚下到井底，瞽叟和象就在上面倒土、投石头。危急中，大舜依靠蛟龙衣的保护，从井壁斜刺穿出一条洞穴，逃了出去。舜并没怨恨他们，还是一如既往地孝顺父母，友爱兄弟。后来人们为了纪念舜，便把舜淘过的井叫作"舜井"，附近的街道，就称为"舜井街"了。

济南的青山绿水间还有很多有关舜的传说和遗迹，比如娥英祠、历山院、闻韶台等，彰显着舜重孝道、尚谦让的高尚德行，由此形成的舜文化成为济南这座历史文化名城的文脉肇基和古韵底色。

2. 麦丘三祝

直言之谏的代名词

商河县怀仁镇有一座著名的古城遗址，春秋时期属齐国麦丘邑。成语"麦丘三祝"，即发源于此。

据载，齐桓公有一次外出打猎，追逐一只白鹿来到麦丘邑，白鹿逃窜进一片麦田里倏然不见，却碰见一位苍眉皓髯的老人。桓公开口问道："老人家年纪多大了？是做什么的？"老人躬身答道："回禀大王，鄙人今年83岁了，就是这麦丘的平民。"看到老人健朗的身板、矍铄的精神，齐桓公不禁心生赞叹，于是设宴摆酒，与老人进行交谈。兴致高涨之际，齐桓公高兴地说道："您这么长寿，必是有福之人，就送给寡人几句祝福吧。"

老人于是手举酒杯，拜了两拜，说道："祝福君王长寿，不要把金玉当回事儿，而应把人民当作真正的宝贝。"桓公闻言，点头称赞："你的祝福好啊！寡人接受了。仁德之人不该孤独，善言祝人定要过二，老人家何不再献祝词？"

老人慨然应允，接着说："二祝大王身边多贤能之人，小人离远。"桓公听后，又十分高兴地说："你的祝福好啊！寡人接受了！仁德之人不该孤独，善言祝人应该有三，老人家何不再献祝词呢？"

老人沉思片刻，再次拜祝："三祝大王百事顺，不要让百姓得罪大王，不要使大王得罪百姓。"齐桓公听了很不高兴，脸色一沉，说道："我听说过，做子女的会被父母怪罪，做臣子的会被主上怪罪，就没听说过主上还会被臣下怪罪的。这句祝词比不上前两句，请老人家重献祝词。"老人起身上前，凛然诤言："期盼君主慎重考虑，我这一句祝词可要比前两句更为重要！试想，如果儿女被父母怪罪，可以让姑母、叔父求情，而让父母不再记恨并原谅儿女；臣下被君主怪罪，可以让君主的近臣、亲信去斡旋，而让君主不再记恨并原谅臣下。如果君主得罪了群臣百姓那又会是什么后果呢？过去夏桀被商汤怪罪，殷纣王被周武王怪罪，结果夏和商先后灭亡，这都是君主得罪臣下的例子。他们是无法谢罪的，而且到今天也没听说被原谅过。"

听到这里，桓公肃然地说："说得好啊！真是宗庙的福佑、社稷的神灵，让寡人有幸在这里遇到你！"桓公便扶着老人上车，载着他来到齐都临淄，并在朝廷上举行封官大礼，让老人在麦丘做官，主持地方事务。

西汉思想家韩婴在其《韩诗外传》中记载了这个故事，并感慨称："桓公之所以九合诸侯，一匡天下，不以兵车者，非独管仲也，亦遇之于此。"这虽然是对齐桓公礼贤下士、善于纳谏的称赞，但麦丘老人敢于谏言的智勇形象也同样彪炳史册，成为一段千古传唱的佳话。

3. 长勺之战

"一鼓作气"的由来

春秋战国时期，今济南市莱芜区属于鲁国，位于齐鲁两国交界之处，向来是兵家必争之地，齐鲁两国间的一次大战——长勺之战就发生在这里，成语"一鼓作气"即源于此。

鲁庄公九年（前685），齐襄公和公孙无知相继死于齐国内乱，在莒国的公子小白，与在鲁国的公子纠争相赶回齐国争夺王位，小白获胜，是为齐桓公。鲁庄公为帮助公子纠争位，于是年秋天，领兵攻打齐国。齐鲁两军在乾时（今淄博市桓台县南）鏖战，结果鲁军惨败。两国间的结怨也更深了。

次年春，齐桓公自恃君位已稳固了，不顾管仲等谋臣的谏阻，决定兴师伐鲁。一是想报复鲁国之前替公子纠争位的宿怨，同时想征服鲁国，向外扩张齐国的势力。

齐桓公率军逼近鲁国边境，鲁国告急。这时，平民曹刿准备进宫求见鲁庄公，左邻右舍劝他说："国家大事是那些有权位的人考虑的事情，你去凑什么热闹呢？"曹刿说："那些有权位的人目光短浅，拿不出好主意，我还是去一趟吧。"果不其然，鲁庄公召集群臣商议御敌之策，众大臣面面相觑，不知所措。这时，曹刿在宫外请战，鲁庄公大喜，赶紧派人请他进来。

曹刿进来就问："齐强鲁弱，庄公打算依靠什么同齐国交战?"鲁庄公答道:"能够驱寒保暖的衣物和填饱肚子的食物,自己一定不会独享,而会分给下面的将士们。"曹刿说:"这都是小恩小惠,而且也不能惠及全国的百姓,老百姓不会因此为鲁国去拼命的。"庄公又说:"祭祀时,一定对神明诚信,不敢虚报、克扣祭品的数量。"曹刿说:"这点诚意难以使人信服,未必能感动神明,神灵不会因此保佑您。"庄公沉思片刻继续说:"民间的大小案件,虽然不能做到明察秋毫,但一定要公正处理,不让人们受冤屈。"这时,曹刿才说:"这才是国君应尽的责任,就凭这点就能得到百姓的支持,就可以与齐国交战了,我恳请去助您一臂之力。"庄公觉得曹刿见解独特,是个人才,就让他一同乘车赶赴战场。

齐鲁两军在长勺(今莱芜区苗山镇杓山村南)相遇。两军列阵完毕,齐军斗志昂扬,立即下令擂鼓进攻,鲁庄公也想下令马上应战,曹刿劝阻说:"齐军士气正盛,我们没有胜利的把握,不能出击。"庄公接受了建议。齐军马上第二次擂鼓进攻,曹刿还是坚持按兵不动。齐军将领认为鲁军胆怯惧战,很快发起第三次进攻。曹刿认为出击时机已到,庄公下令擂鼓出击。鲁军将士早就摩拳擦掌,听到出击号令,一鼓作气,冲进齐军阵营,齐军措手不及,乱作一团,纷纷溃逃。鲁庄公欲乘胜追击,又被曹刿劝阻不要着急。他登上战车向齐军败退的方向望去,又下车察看了一下战场,这才让庄公下令追击。鲁军对齐军紧追不舍,把齐军赶出国境,还俘获了大量甲兵和辎重,赢得了长勺之战的胜利。

战后,鲁庄公与曹刿谈论战争胜利的原因。曹刿回答道:

"用兵打仗所凭恃的是士气，第一次击鼓冲锋时，士气最为旺盛；第二次击鼓冲锋，士气就已衰退；等到第三次时，士气便基本消失了。敌人三鼓，士气衰竭，我军初鼓士气正盛，'彼竭我盈'，哪有不胜的道理？"至于为什么没有立即发起追击，曹刿接着说："齐国毕竟是实力强盛的大国，不可等闲视之，谨防他们佯装败退，设下埋伏。我登车看到他们军旗兵器东倒西歪，下车看到他们战车留下的车辙也非常杂乱，这才断定他们是真的战败，于是同意下令追击。"鲁庄公听了曹刿的一番议论，十分佩服，称赞道："您真是精通战术的将军啊！"曹刿也因此一战成名，由一介布衣而被拜为大夫。

长勺之战是齐桓公在春秋争霸中的一次重大挫折，他不得不调整自己的战略方针，从而也为鲁国赢得了一段时间的和平与安定。长勺之战是我国历史上一个后发制人、以弱胜强的经典战例，在中国战争史上占有重要地位。"一鼓作气，再而衰，三而竭"的精彩论断在后世广为流传。

4. 平毁城阳景王祠

曹操掀起的廉政风暴

曹操是我国历史上著名的政治家、军事家和文学家。他曾出任济南国相，开展了一场轰轰烈烈的廉政运动，在济南历史上留下了浓墨重彩的一笔。

东汉末年，政局风雨飘摇，民众深陷水深火热之中，太平道首领张角领导的黄巾军起义在全国各地爆发。中平元年

（184），汉灵帝连忙调兵遣将分头镇压。时任骑都尉的曹操，率部与左中郎将皇甫嵩等人，合军镇压颍州黄巾军，因有军功，被提拔为济南国相。当时，济南国下辖东平陵城、历城、邹平等十余县。按照东汉封国制度，国王臣民而不能治民，仅享受封国内赋税收入，王国的实际权力掌握在朝廷派遣到王国处理政务的国相手中。曹操到任后，决心大展身手，建功立业。

曹操上任后，首先是大刀阔斧整顿吏治。当时，地方吏治败坏近乎普遍现象，济南国尤为严重。当地官员不严于治理，反而多攀附权贵，巧取豪夺，压榨百姓。当时济南王刘康与朝廷权贵来往密切，又与当地官员结成同盟，致使历任国相施政束手无策，不是同流合污就是置之不问。面对这一局面，曹操在深入调查、摸清实情后第一时间罢免八个县令，同时任命了一批德才兼备的属吏。此举一出，这些被地方官员袒护的豪强失去了保护伞，纷纷流窜他郡，济南王刘康也因之收敛起来，济南百姓无不称快。

自汉初以来，济南国淫祠盛行，尤其是城阳景王祠十分流行。曹操任济南国相做的第二件大事即捣毁祠庙，禁绝淫祀。城阳景王刘章是汉高祖刘邦之孙、齐悼惠王刘肥之次子。早在汉初，吕后临朝称制，大封吕氏。吕后死后，吕氏家族作乱。刘章与大臣周勃等平定叛乱，迎代王刘恒为帝，即汉文帝。刘章因平定叛乱和拥戴之功，被封为城阳王，都城在莒，即现今山东莒县。刘章死后，谥号为景，当地百姓尊称其为城阳景王。城阳景王刘章作为维护汉朝皇室、反对外戚的功臣，随着时间的推移，逐渐成为民众心中的保护神，一些地方开始为他修祠祭祀。当时，城阳国与济南国相距不远，城阳景王祠在济南国逐渐流行开来，至东汉末年，济南国祭祀城阳景王的祠庙便多达六百余座。此时，城阳景王祠庙的性质、功能也发生了变化，最初仅是作为纪念城阳景王功绩的祠庙，后来被一些地方当作询问吉凶、祈福驱邪的去处，每年举办庙会。每当庙会之日，百姓就会组织队伍，击鼓宰羊，祭神讴歌，迎送城阳景王。但是，一些祠庙为当地的豪绅操控，他们打着为百姓祈福祛灾的旗号，年复一年地大搞庙会，欺诈民众，既劳民伤财，又暗含不安定的因素。曹操任济南国相时，正值黄巾军起义，他担心黄巾军利用城阳景王聚众闹事，便大胆革新，禁止再建新祠，对于已建的祠庙，下令强行毁坏拆除，杜绝官吏百姓祭祀，废除"奸邪鬼神"之事，淫祠由此断绝。曹操断绝淫祠的举动整饬了济南国的风气，受到了百姓的欢迎。

曹操在济南整顿吏治、禁绝淫祀，使得济南"郡界肃然""政教大行，一郡清平"，充分彰显出他非凡的胆识魄力和政治才干，也被一代代济南人所传颂。

5. 唱筹量沙

檀道济导演的撤退大戏

瞬息万变的战场上，进攻和撤退都需要极大的智慧和勇气。南朝刘宋时期檀道济演绎的"唱筹量沙"，便是一出精彩的撤退大戏，创造了军事史上的一次奇迹。

檀道济是南朝刘宋王朝的开国功勋，足智多谋，骁勇善战，为刘宋王朝的建立和巩固立下了汗马功劳。南朝宋文帝元嘉七年（430），北魏正在和柔然部落交战，宋文帝刘义隆决定趁机北伐，收复中原一带。大将到彦之奉命率军北伐，开始在河南取得一定胜利。之后，北魏转入反攻，很快就将形势逆转。宋军连连失去了金墉（今河南洛阳东）、虎牢（今河南荥阳汜水）等地，北魏大军直逼滑台（今河南滑县），文帝连忙派遣檀道济北上增援。次年，檀道济先后在东平寿张县、高粱亭大败魏军。在二十多天里，与北魏军三十余次交战，多次获胜。待行至历城、准备西进救援滑台时，遭到北魏将领叔孙建等骑兵部队的截击，所带粮秣也被焚烧，因而难以继续前进。这时，北魏军队乘机进攻滑台，守将无法支撑，滑台最终失守。

檀道济得知滑台失陷，又无粮秣接济，欲救不能，准备撤返。此时，他部下有投降北魏的士兵，将宋军缺粮的情况据实告之。北魏将领得到情报，心中大喜，立刻指挥军队追赶宋军，想把宋军围困起来歼灭。内无粮草，外有强敌，军队不免人心惶惶。檀道济看到战士们情绪慌乱，也很是担心，于是心生"唱筹量沙"之计。他在夜间让士卒用斗量沙，假装是在量米，量沙时还有意大声报数字，拿着竹筹（用竹子制成的计数用具）唱数，把仅有的粮食盖在沙上，显示粮食充足，以此来稳定军心，迷惑魏军。广大宋军将士听到报粮的数字，亲眼看到众多"粮堆"，士气大振，信心十足。魏军望见宋军一堆一堆的"粮食"，以为宋军并不缺粮，故将投降过来的宋兵视为"间谍"而杀掉。

为扭转局势，道济又心生一计。次日天刚蒙蒙亮，宋军拔营撤退。让士卒全穿上盔甲，唯有他一人穿白色便衣，带领部队从容出走。北魏军队曾经吃过檀道济很多次败仗，见他从容不迫地撤退，认为肯定设了埋伏，不敢贸然追击，目送宋军翩然而去。就这样，檀道济用他的镇定与智谋，在如此危急的情况下，带领全军安全返回。

自此，北魏忌惮檀道济的威名，不敢轻易进攻刘宋王朝。

檀道济"唱筹量沙"的地方，在今历城区鲍山街道梁王庄，过去村里还建有檀公庙。"唱筹量沙"的故事被后世津津乐道，檀道济的英雄风范在济南代代流传。

6. 引泺东流

刘豫开凿小清河

小清河发源于济南，是山东的一条内河，历史上是一条排涝、泄洪、灌溉、航运综合利用的人工河道。

小清河与济水、大清河、黄河之间有着割不断的渊源。小清河的前身可以追溯到"四渎"之一的古济水。济水发源于今河南省济源市王屋山的太乙池，流经河南、山东两省入海。济南即因位于济水之南而得名。由于黄河多次改道南侵，两晋之后，河南境内济水河道已经湮没断流淤塞，济水遂以鲁西湖区（巨野泽等）为源头，水色愈发清湛，故有了清河之名。从此，山东境内只知有清河，而不知有济水了。到了北宋熙宁十年（1077），黄河在澶州决口，汹涌的黄河水灌入清河，致使清河在历城东北改道，而循漯水故道入海。这样历城东北的华不注山以南济水古道水流减少，逐渐淤塞不通了。六十年后，刘豫重新疏通了济水故道，引导原来流入清河的泺水进入故道，这才有了小清河之说。

刘豫是河北景州阜城人（今河北阜城县），南宋建炎二年（1128）冬，被宋高宗任为济南知府。不久，金兵挥师南下，攻打济南，刘豫在金军的利诱下，杀害守城的抗金将领关胜，献城降金。之后，刘豫成为金军攻打南宋的帮凶。金国对他很满意，建炎四年（1130）九月，扶植刘豫称帝，国号"大齐"，并将黄河以南归其统治，以配合金军攻宋。绍兴七年（1137），刘豫被废，伪齐政权仅存不及八年，却为山东留下了一项重要工程——开凿小清河。

刘豫建立伪齐政权，既要向金国进贡，又要供应小朝廷的军队、官员等费用，经费非常拮据，只靠清河水运，已满足不了需求。他深知济水自古就是中原沟通东西的重要河道。济水入海处，有着广阔的海涂盐场。山东半岛物资如盐、丝织品、粮食等主要是通过济水运至济南，再进行集散。因此，刘豫决定开凿小清河，恢复通航，贩运海盐，来增加财政收入。况且，工程只是对废弃的济水故道进行疏浚、整理，花费较少且收益很大。因此，刘豫征集民工开挖河道，在历城东北的华不注山阴筑"下泺堰"，将源于济南泉群注入清河的泺水，向东分流引入新疏浚的济水故道，这样堰北称大清河，堰南名小清河。小清河自历城东，经章丘、邹平、长山（今属邹平）、新城（今桓台）、高苑（今高青）、博兴等地，于马车渎注入渤海，全长五百多华里。

小清河济南城区段

小清河开通后，成为促进流域经济、文化和社会交流与发展的"黄金水道"。浩浩荡荡的运盐船队，将沿海地区的盐等生活必需品源源不断地运到济南，因此小清河又有"小盐河"的别号。小清河的开凿增强了济南交通枢纽地位，也为其繁荣发展及区位优势的提升奠定了重要基础。

7. 城头挂起太祖像

铁铉指挥济南保卫战

在大明湖西北侧，有一长方庭院临水而立，铁公祠面南而坐，这里供奉的就是铁骨尚书铁铉。明朝初年，铁铉力挽时艰，指挥了一场可歌可泣的济南保卫战。

明建文帝即位后，为巩固帝位，听从宠臣齐秦、黄子澄建言，大力削弱分封在各地藩王的权限。镇守北平的燕王朱棣以"清君侧"为借口，起兵发动"靖难之役"。建文帝派兵北伐，征虏大将军耿炳文、李景隆先后溃败。建文二年（1400）五月，朱棣乘势兵临济南城下，时任山东承宣布政使司参政的铁铉表示坚守济南，誓死不降，正式揭开了济南保卫战的帷幕。

　　铁铉是河南邓州人，聪敏果决，曾被朱元璋赐字"鼎石"，时任山东承宣布政使司参政，负责为北伐军督运粮饷。面对危如累卵的局势，铁铉心急如焚，立即收集溃散士兵，赶回济南城内，会同守城的参将盛庸等文武官员整顿兵马，日夜训练，加强戒备，督促将士拼死固守济南。

　　朱棣军队在济南城四周筑起堡垒展开猛烈攻击。济南城墙高大坚固，铁铉依仗有利地势，用计焚毁燕军的攻城器械，还不断派出小部队潜出城外，攻击敌营，使燕军始终无法突破城墙。

　　朱棣见硬攻不成，就来软的。令人写下一封劝降信，劝铁铉归顺燕王，然后用箭射进城内。不久，城内射出一封回信，朱棣打开一看，是一篇《周公辅成王论》，劝朱棣效法周公，忠心辅佐建文帝。劝降不成，朱棣有些恼火，命令部下在城外筑起高坝，挖开河道，扬言要放水灌城。城内军民听闻此消息，十分惊慌。铁铉却说："不要害怕，我已经有了好的对策，三天内就可以退兵。"他先是让守城士卒昼夜痛苦哀嚎："济南快要被淹了，我们要被淹死了！"又令士兵撤掉守城的器械，并在城墙插上降旗。然后把千名军民召集在一起，秘密地嘱咐了一番，让他们出城去哭诉，假装要投降。他们见到朱棣便跪倒哭泣说："我们百姓不习惯打仗，突然看到大军压境，害怕大王您要杀害我们呀！我们不清楚大王您的心意是要安定天下，爱护百姓啊！如果大王有诚意，就请让军队后退十里，单骑入城。我们一定手捧美酒，夹道欢迎大王！"

朱棣见他们言辞恳切，就信以为真。他命令部队后撤，只带少数骑兵入城，走过泺源门护城河吊桥，见城门果然敞开，朱棣喜出望外，立即拍马前行。刚走到城门前，忽然听见上面有动静，猛抬头一看，见城门上方悬着一块大铁板正急速下落，朱棣吓得掉下马来，铁板砸中了马头。朱棣惊呼上当，迅速换马而逃。事先埋伏好的士兵赶忙拦截，守城士兵急忙收挽吊桥。但还是晚了一步，朱棣策马飞奔而过，惊险地捡回了一条性命。

朱棣恼羞成怒，发出"不破此城，不擒此贼，誓不回军"的誓言，让军队运来火炮，发动了猛烈攻击。城墙眼看就要攻破，铁铉急中生智，命人找来一些木牌，上面书写"太祖高皇帝神牌"，悬挂在城墙各要塞处。朱棣无可奈何，只好命令停止轰击。朱棣围困济南达三月之久，仍旧没有攻克，军队已是人疲财乏，无奈返回北平。

济南保卫战的胜利打破了燕军不可战胜的神话，延缓了朱棣进军的步伐。建文帝大为欣慰，擢升铁铉为山东承宣布政使，不久又加封兵部尚书。

因惧怕铁铉的威名，朱棣再南下时，皆取道徐州、沛县，不再走山东。建文四年（1402）六月，朱棣攻占南京，登基称帝。不久，又挥师山东，在大明湖西北处攻破济南城。铁铉被捕后，仍刚烈不屈，被处以磔刑而死，年仅三十七岁。

铁铉虽然最后未能改变靖难之役的结局，但其铮铮铁骨、忠心赤胆令人钦佩。正如清代山东学政翁方纲撰写的《铁公祠记》所言："其气足以壮鹊华，澈源泉，贯金石，而耀日星也。"

8. 自开商埠

周馥与德人的博弈

义和团运动失败后，清政府为了应对内外交困的局面，于光绪二十六年（1900）三月宣布推行"新政"。自开商埠就是鼓励工商发展的经济新举措。山东巡抚周馥审时度势、秘密策划济南开埠，留下了千秋佳话。

周馥（1837—1921），字玉山，今安徽东至人。早年追随李鸿章筹办军务、洋务、海防等，深受信任和器重。光绪二十八年（1902）四月，周馥升任山东巡抚。他为了调查了解山东发展情况，十二月沿小清河乘船到了约开商埠烟台和青岛。他亲眼见到了西方文明和商业贸易为开放口岸城市带来的巨大变化，而此时的济南巨富商贾寥寥无几，也没有几家像样的工厂，经济发展与烟台、青岛相比差得很远。特别是德国人强占青岛后，建港口、修铁路、开煤矿，控制着山东的经济命脉，周馥的心理受到了巨大的冲击和压力。

光绪三十年（1904），德国据《胶澳租界条约》修筑的胶济铁路即将竣工，以山东巡抚周馥为代表的有识之士清醒地认识到，德国势力必将借铁路的便捷，由胶澳一隅向山东腹地扩张，约开口岸城市的主权尽失、利权外溢的局面势必将在济南上演，德国势力范围必然扩大至整个山东。面对咄咄逼人的危局，一场激烈的利权之争已不可避免。山东巡抚周馥等人主张理智地处理与列强，特别是与以山东为势力范围的德国的关系，力谋有理有据，既阻止德国势力借助铁路向山东内地扩张，同时又以主动应变的姿态，利用新建铁路交通的新优势，振兴民族实业。因此，"自开商埠"成为较为理想的选择。

周馥

经一年多的秘密筹划，三月十六日，山东巡抚周馥联合北洋大臣、直隶总督袁世凯奏请开埠，内奏"济南本为黄河、小清河码头，现在又为两路枢纽，地势扼要，商货转输较为便利。亟应援照直隶秦王（皇）岛、福建三都澳、湖南岳州府开埠成案，在于济南城外自开通商口岸，以期中外咸受利益"，请求将济南及铁路沿线重镇周村、潍县三处共同开作商埠。四月初一日，外务部上折具奏表示支持山东自行开埠。四月初五，清政府正式批准山东同时开放济南、周村、潍县三处商埠。此时，距离胶济铁路全线通车还有十二天。

济南等三地开埠从奏请到清廷议准，前后只有半月时间，并且是在胶济铁路全线通车之前秘密完成，清廷与山东当局的手段如此迅速，令德国人惊叹不已。光绪三十年（1904）的《东方杂志》有文章称赞周馥开设商埠之举说："德国尝以独占山东全省利益，屡向北京政府要求权利。其所经营者，著著进步。周中丞见此情形，深知其害，遂将济南、潍县、周村镇三处，辟为商埠。俾利权不致为德人所垄断。密奏朝廷，即获谕允，忽然宣布万国。德人闻之，亦惟深叹其手段之神速而未可如何也。设事前稍不谨慎，泄露风声，德人必起阻挠。"

济南开埠后，在老城西关之外设立商埠区，东起十王殿（今馆驿街西口），西至北大槐树（今纬十一路），南沿长清大道（今经七路），北至胶济铁路。经过精心规划设计，整修道路，建房造屋，很快变成了商铺鳞次、工厂林立、商贾云集、华洋并立的繁华市区。自此，济南不仅是全省政治、文化中心，而且还成为山东经济之要埠。

自开商埠是济南走向开放的关键一步。周馥开埠之举，为推动山东近代化发展作出了重要贡献。

（三）红色历程

1. 齐鲁书社的秘密

新文化传播的阵地

在"五四"浪潮和新文化运动的影响下，山东省议会议员王乐平为代表的一批爱国人士挺身而出，创办新式书店，大力传播新文化、新思想。其中，齐鲁书社发挥了重要作用。

1919年10月，王乐平会同济南教育界、知识界的部分进步人士，在天地坛街家中创办了"齐鲁通讯社"，联络各地文化界人士。通讯社附设贩书部，与北京、上海、广州等地的进步团体建立了密切的联系，经销全国各地出版发行的进步书刊，如《新青年》《每周评论》《新潮》等。这些进步书刊，对正在追求真理和民族解放的青年知识分子有着极大的吸引力。山东省立第一师范学校学生王尽美、王志坚，山东省立第一中学学生邓恩铭，济南工业专科学校学生王象午，山东省立女子师范学校学生王辩以及育英中学教员王翔千等，都经常到这里购买或阅读进步书刊。王辩回忆说："我父亲王翔千带我到济南上学，就住在王乐平三哥家里，其前院即齐鲁通讯社，专门出售这些新书刊，进步青年都来买书。"齐鲁通讯社给沉闷的山东带来了新思潮、新希望，北京《晨报》以《山东的文化运动》

为题报道称："今夏间，王者塾（即王乐平）曾约些同志在济南组织了个齐鲁通讯社，一方作通讯事业传达到外边去，一方卖各地新出版物，为介绍新思潮改良社会的先声。直到现在各种杂志的销路一天推广起一天，志同道合的人渐渐多了"，"破除他们的迷妄见识，去改造社会。这总算是山东前途的绝大希望"。

1920年9月25日，为满足不断发展的需要，王乐平将齐鲁通讯社贩书部扩建为齐鲁书社，租赁大布政司街（今省府前街）北头20号路东铺房为营业地点。书社"不纯粹以营利为目的，而以促进社会文化的进步为主要目的"，与上海、北京、广州等地的进步团体和出版界建立了密切的联系，当时经销的书籍有《俄国革命史》《资本论入门》《辩证法》等。销售的进步杂志有《新青年》《新潮》《奔流》等，还有王尽美、丁君羊编辑的《齐鲁青年》周刊等。

齐鲁书社还是山东早期马克思主义者活动的基地。1920年秋，王尽美、邓恩铭、王志坚等人发起组织了"励新学会"，会址就设在齐鲁书社院内。1921年春，王尽美、邓恩铭、王翔千等建立济南共产党早期组织，齐鲁书社也成为其主要活动场所之一。

在第一次国共合作期间，齐鲁书社又成为山东地区国共两党合作共事的场所。山东国共两党负责人王尽美、邓恩铭、王乐平等共同商讨、筹划山东地区的革命运动。

1925年奉系军阀张宗昌督鲁之后，疯狂地镇压群众反帝爱国运动，齐鲁书社被迫关闭，至此走完了它的全部历程，完成了它的历史使命。

齐鲁书社是济南乃至山东地区传播新文化、新思潮的重要阵地，是济南思想文化界进步力量活动的重要场所，对于推动山东新文化运动的开展、马克思主义在山东的传播、济南早期党组织的创建作出了重大贡献。

2. 东流水街 105 号
中共山东省委机关旧址

20 世纪初，济南的泺源门（西门）外，护城河岸西有一南北小巷，北起铜元局前街，南止估衣市街（今共青团路东段），名为东流水街（今五龙潭公园内）。东流水街 105 号，在中共山东党史上有着特别重要的意义。1925 年至 1927 年，中共山东省委领导机关便设在东流水街 105 号这座小楼上。如今，"东流水街 105 号"作为早期中共山东领导机关的代名词，象征着山东党组织红船启航的地方。

东流水街 105 号是一座灰瓦白墙的二层小楼，一楼为两间铺面，坐西朝东。中共济南地方组织创建后，这座小楼作为党的秘密机关所在地，见证了建党之初的栉风沐雨，也见证了诸多党员入党的激动时刻。在这里，中共一大代表、济南早期党组织创始人王尽美时作教师装扮，草拟文稿，油印党刊，与外地党员接谈日夜不辍；同为中共一大代表、济南早期党组织创始人邓恩铭常化装为客栈账房先生，似商人出入其间，密议山东各地党务工作；山东早期共产党人鲁伯峻等人在这里举行入党仪式，王尽美、邓恩铭作为监誓人。这批党员，为山东早期党组织的建立发展作出了突出贡献。

1925 年 1 月，中国共产党第四次全国代表大会召开。根据大会指示，同年 2 月，山东各地党组织代表联席会议在济南召开，会议决定在中共济南地执委的基础上，建立中共山东地方执行委员会（简称中共山东地执委），统一领导全省党的组织。中共山东地方执行委员会领导机关秘密办公地就在东流水街 105 号小楼上。山东地执委作为山东党组织的统一领导机构，大力发展党组织，在济南建有 20 多个支部，在青岛建有 27 个支部，在淄博地区建有 13 个支部，先后在寿光、广饶、青岛、平原、泰安、莱芜、曲阜、莱阳、夏津等地建立和扩大了党组织，党的各项活动遍布齐鲁大地。1926 年 10 月 1 日，中共山东区执行委员会（简称中共山东区委）正式建立，区委秘密办公地点依旧设在这个小楼上。经过中共山东区委的持续耕耘，至 1927 年 6 月，全省共有党员 1500 余名，支部近 200 个。

中共山东省委机关旧址

1927 年 4 月，蒋介石发动"四一二"反革命政变后，大规模捕杀共产党员和革命群众。统治山东的奉系军阀张宗昌也在济南大肆搜捕共产党人。5 月 20 日，中共山东区委机关及众多党支部遭到破坏，共产党员鲁伯峻、李子珍等惨遭杀害。中共山东区执行委员会领导机关被迫离开这里。

东流水街 105 号小楼是济南市仅存的山东省暨济南市党组织建立与大革命时期的革命活动原址，具有极高的红色革命纪念价值。1977 年公布为山东省首批省级重点文物保护单位。

3. 纬八路刑场的枪声

"四五"烈士英勇就义

在济南槐荫广场，耸立着一座"四五"烈士纪念碑，碑上镌刻着党的一大代表邓恩铭等 22 位革命烈士的英名。1931 年清明节的凌晨，邓恩铭和他的战友一起，倒在了纪念碑下的这片土地上。为了实现共产主义的坚定信仰，洒下了最后一滴鲜血。

1927 年，国民党反动派背叛革命，国共第一次合作宣告破裂。1928 年后，国民党新军阀势力进入山东，特务军警疯狂逮捕共产党人，山东党组织接二连三遭到破坏，齐鲁大地被白色恐怖所笼罩。1929 年 1 月至 1930 年 2 月，曾任中共山东省委书记的邓恩铭、刘谦初等数十名共产党人被捕。在监狱中，他们面对严刑拷打和死亡威胁，却从未停下斗争的脚步。他们在狱中建立了党支部，不断进行狱内斗争，并且还筹划了两次越狱行动。

第一次越狱是 1929 年 4 月 19 日，他们被关押在日本人控制的济南临时治安维持会戒严司令部期间进行的。这次越狱，由于准备不足，缺乏周密的计划安排，10 名逃出的人员中，有 9 人被捕回，所幸杨一辰成功脱险。

不久，这批被押人员便被从戒严司令部移押到济南法院监禁。他们并没有气馁，总结了第一次越狱的经验教训，成立了由邓恩铭、武胡景、王永庆、纪子瑞、何志深等 5 人组成的领导集体。他们将所有人员按身体强弱划分为三个小队，每小队设指挥一人，每队逃出的路线都作了清晰计划，并规定了各队的具体任务。同时规定了出狱后的联络方法、疏散方向，并绘制了从囚室至大门的路线图。7 月 21 日下午，趁多数看守吃饭间隙，越狱行动出其不意地开始了。经过一阵激烈搏斗，他们终于冲出最后一道大门，并按事先计划，分路疏散逃跑。在这次越狱中，有 6 人脱离了虎口，邓恩铭、宋占一等 10 余人又重落敌手。此次越狱震惊了国民党当局，第一看守长被枪毙，报界称之为"济南巨案"，在全国范围内造成了较大的影响。

1931 年初，为了向蒋介石表明忠心，韩复榘组织了专门用来审讯共产党员的山东省临时军法会审委员会，将已判刑入狱的共产党人任意加罪改判，进行屠杀。3 月，自知余日不多的邓恩铭给母亲写下最后一封家书，以一首诗抒发自己对共产主义的坚定信念："卅一年华转瞬间，壮志未酬奈何天。不惜唯我身先死，后继频频慰九泉。"

4 月 5 日凌晨，济南公安局长王恺如带着一群军警涌进监狱，将枪口对准每一扇牢门，然后一个个点名提"犯人"，总共22人，包括三位山东省委书记或临时省委书记——邓恩铭、刘谦初和吴丽实，两位山东省委秘书长——刘晓浦、雷晋笙，两位共青团山东省委书记——刘一梦、宋占一，一位中国妇女运动的先驱、山东省委妇女委员会书记——郭隆真。当点到郭隆真的名字时，郭隆真高呼口号，被军警当场开枪打死。当载着邓恩铭、刘谦初等人的囚车驶上大街时，21人同声唱起了《国际歌》。悲壮的歌声，震撼着黎明前的济南城。纬八路侯家大院刑场上，军警密布，枪刺林立。中华民族的优秀儿女，迎着敌人的枪口，昂然挺立，高呼口号，慷慨就义，史称"济南四五烈士"。

一腔腔鲜血浸润了中华大地的万里江山，一具具血肉之躯筑起了中华民族新的长城！1989年4月5日，济南"四五"烈士纪念碑在原纬八路刑场北侧公园内落成。历史与现实在这里交织，世人将永远铭记这些为信仰奋斗终身直至献出生命的英雄们！

"四五"烈士纪念碑　　　　　　　　烈士郭隆真

4. 五柳闸会议

重建中共济南市委

1927 年大革命失败后，叛变革命的国民党大规模搜杀共产党员和革命群众。至 1933 年，中共山东省党组织先后遭到十几次破坏，大批共产党员、共青团员被残害、被关押，山东陷入空前的白色恐怖之中。济南的基层党团组织几乎全部被摧毁。1933 年 7 月，因中共山东临时省委组织部部长宋鸣时叛变投敌，山东党组织遭受到最为惨重的一次破坏，并与中央失去联系。在济南，幸存并坚守下来的只有济南乡师支部和新城兵工厂支部。

中共山东临时省委遭到破坏后，团省特委组织部部长宋天民转移到了济南乡师。他晚上睡在菜地里，白天隐蔽，黄昏时去城内探听消息。此时，特务警察在全市疯狂地搜查共产党员，宋天民无法在济南立足，决定回原籍胶东牟平。临走时，宋天民指示济南乡师党支部书记赵健民"要在济南慎重地恢复党的组织"，并把所知道的党员关系告诉了赵健民，并共同约定"努力寻找中央北方局的关系"，还把团省委的重要家当——一架油印机留给了赵健民。

赵健民遵照宋天民的嘱托，先后到济南高中、济南师范、振业火柴公司等处寻找党员，但均未接上关系。济南乡师支部认真总结经验与教训，分析了当时的政治形势，确定了支部的主要任务是：一方面千方百计寻找上级党组织；一方面积极恢复发展党的基层组织,独立坚持斗争。支部研究决定,凡继续参加革命活动的团员一律转为党员,今后不再发展团员,而直接发展党员;对每个要求入党的人都要经过严格的考察、考验后才能吸收到党内来。

此后,济南乡师党支部与新城兵工厂党支部取得了联系,共同开展工作。支部发动全体党员利用节假日,通过同乡、同学、亲友等关系在全市各中等学校联络进步学生,逐步恢复党组织。经过一年多的努力,济南大部分中等学校恢复了党的活动。至1934年春,全市已有九个支部,七八十名党员。济南乡师的赵健民、姚仲明、王文轩,济南高中的林浩、徐运北,育英中学的李秀海,济南师范的刘清录,新城兵工厂的石哲等年轻的共产党员以自己的赤诚弥合着革命进程中的断层,承担起续写红色历史的重任。

为了适应斗争形势,更好地开展全市党的工作,1934年5月初,济南乡师支部书记赵健民、支部委员王文轩,新城兵工厂支部委员陈太平在济南北郊五柳闸召开会议,重建中共济南市委,赵健民任市委书记,陈太平任组织部部长,王文轩任宣

中共济南市委重建地　　　　　　　赵健民

传部部长。中共济南市委的重建，为济南党组织及全省党组织的恢复、建立、发展起到了薪火传承的重要作用。中共济南市委重建后，努力开展恢复全省党组织的工作。赵健民、徐运北、王文轩、姚仲明等前往冠县、阳谷、堂邑、新泰、肥城、寿光等地发展党员。赵健民与莱芜县委负责人刘仲莹也取得联系，商定分别寻找上级党组织，终于与党中央取得联系。

20世纪30年代初期，在山东省大部分地区党组织被摧垮的严峻形势下，济南乡师、新城兵工厂等共产党人不畏艰险，独立坚持斗争，重建济南市委，使险些即将熄灭的星星之火燃成燎原之势，为重建山东省工委及寻找党中央打下了坚实基础。

5. 潜伏者

陈隐仙、徐连城坚贞不屈

"七七"事变后，日军沿津浦线南下进攻山东，由于国民党不战而逃，1937年12月27日，济南沦陷。一批批英勇的中共党员打入日军统治下的济南，开始了险象环生、步步惊心的潜伏工作。他们不怕牺牲、前仆后继，为了抗战的胜利谱写出一曲曲可歌可泣、彪炳千秋的历史壮歌。

共产党员陈隐仙、徐连城是济南沦陷后第一批打入济南的地下工作者。陈隐仙是云南昆明人，1930年辗转来到济南，任化育小学教员，1937年加入中国共产党。同年10月，济南地区的大部分共产党员分赴山东各地，发动武装起义。陈隐仙等赴鲁西东昌县（今属聊城），组织了抗日联合大同盟，成员大多为平津流亡学生和当地爱国青年。中共鲁西区委对他们进行培训，然后派往济南、青岛、徐州等地开展党的城市地下工作。根据中共鲁西区委的指示，陈隐仙带领一部分原济南市内的共产党员重新打入济南，建立了中共济南工作委员会，陈隐仙任书记。他回到化育小学，印刷标语传单，痛斥日本侵略者的罪行。在极其困难的条件下，他们秘密展开工作，在市内建立了徐家花园和北大槐树两个党支部。工委委员徐连城还以北大槐树支部为核心，在铁路工厂建立了名为"抗日大同盟"的外围群众抗日组织。

驻济日军宪兵队的特高班是专门破坏中共济南地下组织的特务机关。日本特务千方百计搜寻中共济南地下组织的踪迹，但总找不到线索，便指使特务王铁民接近抗日组织，从而打入中共济南地下组织内部。在王铁民的指使下，特务边松甫接近了"抗日大同盟"负责人，并被发展为盟员。经过一段时间的侦察，边松甫掌握了"抗日大同盟"成员名单，并侦知了陈隐仙、徐连城的住址和身份，然后把情报出卖给了日本特务武山。日特机关按照边松甫提供的名单，于1939年2月25日，进行了全市大逮捕。陈隐仙被捕于化育小学，徐连城被捕于家中，"抗日大同盟"成员无一幸免。

为了进一步将中共济南地下组织一网打尽，日特对陈隐仙施用了多种酷刑，火钩子烙、灌辣椒水、皮鞭子抽……把陈隐仙折磨得死去活来，仍是一无所获。气急败坏的日特无计可施，用刑更加残酷。陈隐仙被酷刑生生折磨而死。

陈隐仙牺牲后，特务又对徐连城进行了残酷的刑讯。徐连城受尽非人的折磨决不松口，日特便采用灭绝人性的心理战术，逮捕了徐连城全家。日本特务武山凶狠地说："你如果不招供，就杀了你全家。"他们把徐连城的母亲、妻子带到他面前，脱去她们的衣服，然后用点燃的香烟烫她们的皮肉，折磨得她们死去活来。看到亲人受辱，徐连城痛骂惨无人道的日特："你们这些畜生，你们有没有父母、妻子？你们这样对待我的母亲和妻子，还有没有人性？我做的事情，我母亲和妻子根本不知道，与她们无干。你们要打要杀，就冲着我来吧！"但是特务们毫不理睬，继续残酷地迫害他的母亲和妻子。当时他妻子已怀孕七个月，敌人对他们丝毫没有手软，把她们打得遍体鳞伤……

手段用尽，但他们一无所获。1939 年 4 月 25 日，日本侵略军将徐连城等七人押到济南腊山进行屠杀。二十一岁的徐连城英勇献出了自己年轻的生命。

陈隐仙、徐连城坚贞不屈，誓死严守党的机密，使支部其他成员得以安全地组织党员撤出济南。他们凛然的民族气节和革命精神永远浩气长存！

6. 示形于南，决战于北

莱芜战役

济南市钢城区辛庄街道石湾子村，有一个普通的四合院，1947 年，陈毅、粟裕、谭震林等就是在这里运筹帷幄，指挥了著名的莱芜战役。

解放战争时期，山东解放区作为全国最大的解放区之一，成为国民党军进攻的一个重要目标。1947年1月中旬，国民党军制订了"鲁南会战"计划，企图消灭华东野战军主力，全部占领华东解放区。蒋介石亲自到徐州部署，派其参谋总长陈诚到前线督战，集中23个整编师53个旅的兵力，采取以临沂、蒙阴为目标，南北对进的部署。面对国民党的"鲁南会战计划"，华东野战军前线委员会首先作出了保卫临沂、诱歼南线之敌的打算。但国民党军南线兵力密集、齐头并进，曾几次调动敌人都无战机可寻。正当战局胶着不定之际，2月4日，毛泽东给华东野战军司令员兼政治委员陈毅、副司令员粟裕发来了一封电报："敌愈深进愈好，我愈打得迟愈好；只要你们不求急效，并准备于必要时放弃临沂，则此战我必能胜利。目前敌人的策略是诱我早日出击，将我扭打消耗后再稳固地占领临沂，你们切不可上当。"此份电报打破了战争僵局，陈毅、粟裕随即产生了"示形于南，决战于北"的全新构想：鉴于敌人南线重兵密集、战机难寻，但北线孤军深入、兵力分散，于是改变原定作战计划，以空间换时间，扩大回旋余地和用兵幅度，置南线重兵于不顾，而以主力悄然北上，闪击北线冒进之敌。

　　为落实"示形于南，决战于北"的构想，巧妙实现华野60个团的主力隐蔽北上，陈毅、粟裕放出三大招式：一是示形南征。华野第二纵队重锤猛击白塔集，激战一天一夜，歼灭第四十二集团军军部和两个师，生擒郝鹏举。二是示形决战。粟裕命令主力部队协同地方武装，在临沂及其以南地区，构筑三道防线，声势愈大愈好。主力部队白天构筑工事，布设火力，晚上悄悄撤走。经过几天白天南进、晚上北撤，华野一、四、六、七纵队全部撤离南线，二纵、三纵则伪装成华野主力，牢牢地拴住欧震集团。三是示形退路。我军主动放弃临沂，同时派遣地方武装和民兵进逼兖州，在运河上架设浮桥，在黄河边筹集船只，扬言与晋察冀豫野战军会合，造成我军作战不力、疲惫不堪的假象，以示"失利西退"。

面对陈毅、粟裕摆出的迷魂阵，蒋介石、陈诚判断华东野战军放弃临沂，是由于"伤亡过大，不堪再战"，严令李仙洲集团加速南进，实施南北夹击。华东野战军主力部队马不停蹄地向北疾进。为不暴露作战意图，部队总是黄昏出发，黎明宿营，隐蔽急行，战士们形象地称之为从"日落村"出发，到"天亮庄"宿营，于19日到达莱芜周围地区，形成战役合围态势。2月20日至23日，华东野战军仅用三天时间歼灭了莱芜城内国民党军，共毙、伤、俘官兵近六万人，创造了大规模运动歼灭战的光辉战例。

莱芜战役粉碎了国民党"鲁南会战"计划，夺取了华东战场的主动权，为此后粉碎国民党军对山东的重大进攻创造了有利条件，使得全国战局发生了重大变化。

7. 解放阁的记忆

济南战役

在济南原古城墙东南角，风景秀丽的护城河畔，巍然屹立着一座雄伟的建筑——解放阁。1948年9月24日凌晨，华东野战军最先在这里打开内城攻坚突破口，揭开了济南战役胜利的序幕。新中国成立后，在这个突破口上，筑台建阁，陈毅亲笔题写"解放阁"三个大字，台基东壁镌刻着在这场战役中壮烈牺牲的 3000 余名烈士的英名，无声地诉说着那段烈火硝烟中的红色记忆。

1948 年下半年，解放战争进入第三年，解放军已发展到 280 多万人，在战略反攻中节节胜利，越战越强。中共中央军委统筹战略全局，指出中国人民解放军同国民党军队进行战略决战的时机已经到来，要求华东野战军 8 月、9 月间攻克济南。

济南南可呼应徐州，北能支援平津，是国民党借以撑持其华北残局的战略要地之一。为固守济南，蒋介石以王耀武统辖 11 万重兵防守，并修筑了以内城为核心、以外城和商埠为基础的防御地带。王耀武放言："济南外围能守半个月，市区至

解放阁

少能守一个月。"

华东野战军制订了"攻济打援"的具体作战方案，由粟裕指挥。攻城兵团由许世友、谭震林和王建安负责。

1948年9月16日晚，中秋佳节前夜，济南战役正式打响了！震天炮响笼罩全城，解放军东、西战线同时向国民党守敌外围防线发起进攻，国民党军队受制于四面八方的进攻，仿佛笼中困兽。

经过一夜血战，解放军攻占了城东屏障茂岭山和砚池山。19日，国民党西守备区指挥官吴化文率部两万余兵士战场起义，攻城西集团乘势疾进，控制了商埠以西地区。22日，解放军占领商埠区，紧接着又攻占了外城。

23日18时，东西两支攻城部队同时向内城发起总攻。济南内城城墙高达14米，厚8—12米，护城河宽30米。王耀武布下了多层明碉暗堡，形成了三层火力网。九纵第七十三团向内城东南角攻击。他们在炮火掩护下，在护城河上架起浮桥，进行连续爆破，各路突击队穿过浓密的烟雾，奋不顾身架设云梯登城。王耀武督率守军拼死抵抗，战斗异常激烈。九纵突击队伤亡很大，连续三次突击均受挫。一个连与敌人反复拼杀，勇士们有的拉响手榴弹与成群的敌人同归于尽，有的死死抱住敌人从城头上决然跳下，但终因寡不敌众，全部壮烈牺牲。

九纵七十三团化悲痛为力量，团长张慕韩发誓："不战对不起牺牲的战友，即使战至最后一人，也要把红旗插上济南城头。"24日1时30分，第四次攻击再次打响，枪炮声、爆破声响成一片，火光冲天，硝烟弥漫。第七连二班班长李永江是山东栖霞人，身高臂长，他急速登上梯子大声呼喊："跟我往上突啊！"当他爬到梯子顶端时，大吃一惊，梯子不够高，靠在城墙上，离城墙顶部还差一个人的高度，危急时刻，他双手紧紧扒住城墙上的砖石，后面的战士滕元兴用肩膀一顶，他猛地一跃，拼力登上了城头，紧接着于洪铎、滕元兴、周顶仁……冒着枪林弹雨纷纷登了上去，把"打进济南府，活捉王耀武"的大旗插上城头最高处。

9 月 24 日黄昏，八天八夜激战后，济南宣告解放！率先突破内城的九纵七十三团被中央军委授予"济南第一团"的光荣称号。

济南战役的胜利，开创了人民解放军夺取国民党军重兵坚守的大城市的先例，并使华北、华东两大解放区连成一片，揭开了全国解放战争战略决战的序幕。

二

济南名士

唐玄宗天宝四年（745），诗圣杜甫挥毫写就"海右此亭古，济南名士多"，高度赞赏济南的人文景观，千百年来脍炙人口，传诵不绝，成为济南最大的骄傲、最亮的名片。济南自古山清水秀、地灵人杰，孕育出不胜枚举的英才名士，神医扁鹊，名相房玄龄，词坛双峰李清照、辛弃疾等，都闪耀在中华民族的史册上。钟灵毓秀之地，文化繁盛之区，吸引着八方名士游览寓居，用诗词书画吟唱济南之美。济南的山水美景与历史上众多名士交相辉映，构成了济南独特的名士文化。

（一）名士辈出

1. 神医扁鹊

战国时期的全科医生

济南市长清区归德街道有一处洼地，名叫"卢城洼"，这里曾是东夷古国卢国故城的遗址，春秋时期成为齐国的卢邑。神医扁鹊就出生在这里。扁鹊，本名秦越人，战国前期人。他是我国载入史籍最早的医学家，也是中医的鼻祖，奠定了四诊法的基础，在中国医学史上占有重要地位。他行医中留下了许多传奇故事。

《史记》记载了扁鹊行医的三个案例，其中有一个扁鹊望诊齐桓侯的故事。一天，扁鹊行医来到齐都临淄，见齐桓侯田午气色不对，便对他说："您有病在皮肤肌肉之间，要抓紧治疗，否则后果不堪设想。"这时候齐桓侯没有什么症状，当然不信扁鹊这一席话，心中不悦，说道："我没有病。"扁鹊走后，桓侯对身边的人说："医生就是这样，喜欢把没病说成有病，以便捞取名利。我好好的，哪来的病？"五天过后，扁鹊又去拜见齐桓侯，发现桓侯面色愈加不好，就诚恳地劝告说："您的病已经深入血脉，如若再不治疗，恐怕还要恶化。"桓侯更加不悦，冷冷地说道："寡人无疾！"又过了五天，扁鹊又去拜见桓侯，言辞恳切地对桓侯说："您真是有病呀！现在病已深入肠胃，若是再耽误下去，怕是有生命危险！"桓侯怒形于色，扁鹊无奈地摇摇头，不再说什么了。又过了五天，扁鹊第四次见齐桓侯，只瞥了一眼，掉头就走。桓侯命左右追上前去，问个究竟，扁鹊叹道："病在体表，服汤药或热敷就能治好；病在血脉，针刺也可以治愈；病深入肠胃，仍可以用药剂治疗；可是病入骨髓，即便是掌管生死簿的神灵也无可奈何。主君的病已转移到骨髓，我无计可施，只能赶紧跑开。"说罢就走了。五日后，齐桓侯果然发病而亡。

还有一个扁鹊妙手回春的故事。一天，扁鹊行医路过虢国都城时，听说了太子死亡的消息，于是他就到王宫门口询问太子的死因，宫内的人回答说是太子暴蹶而死，扁鹊又问："死去多长时间了？"那人说："今晨鸡叫时猝死，到现在尚未超过半日。"扁鹊当即自报家门，并断定他能让太子起死回生。虢国君主得知名医扁鹊可以救回儿子的命，急忙亲自出宫迎接，并向扁鹊详细讲述了太子猝死前的病情。扁鹊仔细查看一番，告诉国君太子只是昏了过去，并没有真正死去。随后，扁鹊就用针灸之术给太子医治，太子竟然苏醒过来了。此后，扁鹊师徒每日悉心诊治，二十天后，太子康复如初了。从此，世人都盛传扁鹊有起死回生之术，称他为"神医"。

扁鹊周游列国，行医天下，在当时的蔡、齐、晋、赵、洛阳以及咸阳等地，都流传着他行医治病的神奇故事。他行医"随俗而变"，扁鹊过邯郸时，听说此地尊重妇女，就开展了妇科"带下"症的治疗；扁鹊过洛阳，听说周人爱护老年人，他就从事"耳目痹"的治疗；扁鹊来到咸阳，听说秦人爱小儿，他就从事小儿科的治疗。由此，扁鹊成为一个全科医生，受到了人们的广泛爱戴和尊重。

2. 弃繻请缨

少年英雄终军

风景秀丽的济南南部山区有一座小镇——仲宫，本名终宫。汉武帝建元元年（前140），少年才俊终军就诞生于这里。终军自幼聪慧，志存高远，短暂的一生就做出了许多名传千古的大事，其中"弃繻"和"请缨"的故事广为流传。

终军18岁时，就以博学善辩而闻名，被济南郡推举为博士弟子，去京师长安太学学习。一路上晓行夜宿，抵达函谷关（今河南灵宝东北）下。函谷关乃天下第一雄关要隘，行人出入，需要有繻，就是用帛制成的出入关卡的凭证。关吏将繻发给终军，并叮嘱终军需妥善保管，出关时还要交验这个证件。终军听罢哈哈大笑，说道："大丈夫既然西游京师，将来出关就不必用它！"说罢，弃繻扬长而去。

学业完成后，他上书汉武帝，谈论时政得失。汉武帝看了大加称赏，当即传令召见。见上书者竟是一位风流倜傥的少年书生，便愈发地喜欢，于是把他留在身边，担任谒者给事中，就是皇帝身边的顾问，参与讨论、评议军国大政。终军少年得志，由一介书生摇身一变成为皇帝的近臣。后来，他乘坐高车大马，到地方上巡视，路过函谷关，有个关吏认出了他，大惊失色地说道："这位使者就是先前那个弃繻而去的书生啊！"

终军始终有着大丈夫为国立功之志。元鼎四年（前113），机会终于来了，他受命出使南越。自从秦末赵佗割据岭南自立为南越王以来，南越国虽然有时表示归附汉朝，实际上却始终是个独立的地方割据政权。建元六年（前135），赵佗病死，其孙赵胡嗣立，汉武帝派庄助出使南越，赵胡派太子婴齐到长安入侍宿卫（警卫）。婴齐到长安后，娶邯郸摎氏为妻，生子赵兴。十多年后，赵胡病死，婴齐携妻儿南返，继立王位，并上书请求策立摎氏为后，赵兴为太子。汉武帝时期，曾多次派遣使者要婴齐入朝，婴齐总是推托有病，不肯前来。婴齐死后，赵兴即位，摎氏为太后。汉武帝认为这是取消南越独立的好机会，遂于元鼎四年招募使者出使南越。终军闻之，不惧风险，马上求见武帝，请求出使，说道："愿受长缨，必羁南越王而致之阙下！"意思是说他要用长长的绳索把南越王捆缚了押送到长安的宫阙之下。壮士豪言，言辞恳切，汉武帝也就恩准了。

一路跋山涉水，终军与安国少季、勇士魏臣终于赶到了南越。终军凭借能言善辩之才，晓之以利害，说服了南越王赵兴，他表示愿意归附汉朝。终军又上书朝廷，请求将南越国的地位比同于汉朝内地的一般诸侯王国，南越王每三年朝贡汉朝天子一次。喜讯传来，汉武帝很是高兴，立即颁发南越大臣印绶，并诏令终军等人暂时留驻那里，镇抚南越，并协助南越王推行汉朝制度。可是，以南越丞相吕嘉为首的拒汉派，极力反对归附，并于次年初发动叛乱，杀害了南越王赵兴和太后，终军等汉朝使者也同时遇害。终军年仅二十八岁，时人惋惜地称他为"终童"。一年后，汉朝大军平定了南越，终军的尸骨也就被移葬于他的故乡济南。

终军才华横溢、壮怀激烈、勇于担当，这种伟大的英雄精神激励着无数后人！

3. 房谋杜断

一代名相房玄龄

房玄龄（579—648），名乔，字玄龄，济南人。他自幼聪敏好学，见识通达。在隋末大起义的浪潮中，房玄龄环顾乱局，决定投奔李世民，二人一见如故，引为知己。从此，房玄龄追随李世民南征北战，出谋划策，尽心竭力。唐初，参与玄武门政变，李世民称其有运筹帷幄之功。贞观三年（629），房玄龄任尚书左仆射，在长达二十余年的宰相生涯中，留下了很多"坐安社稷"的故事。

贞观三年二月，唐太宗以房玄龄为尚书左仆射，杜如晦为右仆射。二人同心协力，精诚合作，共掌朝政。他们制订各项礼仪制度，共同草创了典章制度。房玄龄善谋划，杜如晦善决断，二人相互配合，事情皆能够完美完成。太宗每次与玄龄谋划大事时，玄龄就会充分分析形势拿出方案供其裁夺，当李世民犹豫不决时，玄龄就说："一定要听听如晦的意见。"杜如晦来到后，总能抓住时机加以决断。两人同心为国、相辅相成，创造了"房谋杜断"的千古美谈。

唐太宗即位之初，朝廷面临很多问题，首要的是吏治问题。太宗认为行政机构太庞杂，效率低下，命房玄龄负责精简机构、革新吏治。房玄龄遂开始大刀阔斧改革，调整全国行政区划，裁并行政机构，裁汰冗员，选贤任能。到贞观十三年（639），全国仅保留 10 个道，358 个州府；中央文武官员由原来的 2000 余人精减为 643 人，地方官吏也大为减少。另外，房玄龄还参照隋制，制定对各级官员的考核标准，完善考核制度。这样一来，既节省了财政开支，又减轻了百姓的赋役负担，还极大地提高了官员的工作效率。房玄龄还按照立法从宽、判重为轻的原则，修订唐律，简化律令，改变了隋法严苛的积弊，重建了国家的法律秩序。这为唐初经济社会发展奠定了坚实基础。

　　房玄龄位高权重，却始终兢兢业业、孜孜奉国。太宗晚年力主东征高丽，大臣们多不敢进谏劝阻。贞观二十二年（648）六月，房玄龄旧疾复发，唐太宗命太医疗治，天天派人询问病情。玄龄对子女说："我自知病情危重，难以再为国家效力，已是无用之人了，而皇上对我的恩义却愈发深厚。我若是辜负了皇上的恩德，那是死有余辜的，如今天下清平，朝野各得其宜，只是东征高丽仍未停止，正为国家造成祸患，皇上主意坚决，朝臣们没有敢犯颜谏争的。我明知此事不妥而不谏劝皇上，死后也会愧恨九泉的。"于是他强撑病体，用尽最后一点力气，写下了一篇《谏伐高丽表》，进奏太宗。他指出这场战争已经给百姓造成巨大痛苦，继续下去，将会破坏国家祥和安定的局面，损害太宗的盛德和威望。这位老臣的逆耳忠言使唐太宗非常感动，他对其女儿高阳公主（房玄龄的儿媳）说："此人已命在旦夕，还如此为国家忧虑啊！"七月，房玄龄溘然而逝。

作为唐太宗的股肱之臣，房玄龄敏行慎己、忠诚担当、鞠躬尽瘁，为缔造唐朝"贞观之治"作出了重要贡献，是中国古代名臣名相的典范。

4. 济南的唐三藏

义净法师西游记

《西游记》中唐玄奘师徒四人去西天取经的故事，在中国可谓妇孺皆知。在济南市长清区张夏镇，也有一位唐三藏法师，法号义净，他与法显、玄奘并称为三大求法高僧，与鸠摩罗什、真谛、玄奘并称为四大译经家，与鉴真大师并称为两大医僧。他乘风破浪，沿海路而去来，是中国"海上求法第一人"。

义净，俗姓张，名文明，贞观九年（635）出生于齐州山茌县（今长清区张夏镇）。七岁时，他就在附近的土窟寺出家。他天性聪颖，博览群籍，仰慕玄奘法师的高风。显庆五年（660），25 岁的义净辞别齐州，前往当时的佛教中心洛阳、长安学习深造。后来结识了志同道合的处一、弘袆等法师，他们相约结伴赴印度取经。未曾想，他们都因故半途而废，只剩下年轻僧徒善行相伴。

咸亨二年（671），义净和善行从广州登上波斯商船，踏上了艰苦卓绝的漫漫西行路。在惊涛骇浪中颠簸二十多天后，义净抵达了室利佛逝（今印尼的苏门答腊）。在这里居留了半年，学习语言。遗憾的是，他身边唯一的同伴善行因病返回国内了。义净孤身一人继续前行，先后到达末罗瑜（位于马来半岛的南端）、羯荼（今马来西亚吉打州）、耽摩立底（今印度的西孟加拉邦）等国。

一路走来，遭遇了千难万险，最危险的一次就是最后这一站。因为路险难通，义净和大乘灯禅师结伴，并随数百名商人一起前往天竺（古印度）。可在半途中，义净不幸染病，又无药物急救，只好步履蹒跚、走走停停，被商队远远甩在了后面。偏偏祸不单行，日暮时分，一路山贼大喝而至，将其衣服扒光，钱财洗劫一空。惊恐之余，他忽然想起大乘灯禅师曾讲过，当地强盗如果打劫了比他们皮肤白的人，会杀掉祭天。他顿时冷汗直冒，强打精神，跳到不远处的泥潭里，用泥浆涂满身体，学着当地人的样子，摘几片阔叶遮住身体，拄一根木棍慢慢前行。这样强撑着走了一天，半夜正在大树下昏睡，忽然听见大乘灯禅师的呼唤，义净喜极而泣，病也好了大半。咸亨五年（674）底，义净终于来到了魂牵梦萦的那烂陀寺。

义净在那烂陀寺学习十余年，并周游印度各处佛教胜迹，最终求得梵本佛经近四百部，金刚座金容一铺，舍利三百粒。武周垂拱元年（685），义净离开那烂陀寺，返回到室利佛逝，在那里弘法和翻译佛经。证圣元年（695），在阔别中原二十五年后，义净终于启程归国。武则天亲率文武百官在东都洛阳东门外举行了盛大的仪式，欢迎求法归来的义净，敕封他"三藏"之号。

义净大师一生致力于佛经的翻译和弘扬，对佛教在中国的传播和发展作出了卓越的贡献。他还将自己的所见所闻记录下来，撰写了《大唐西域求法高僧传》《南海寄归内法传》等著作，成为研究中外交通史、印度史、南洋史和文化史的宝贵典籍，在世界上产生了重大影响。

近年来，长清区在通明山修建了气势恢宏的义净寺，铭记、弘扬这位高僧的丰功伟绩。

5. 漱玉泉边漱玉词

千古才女李清照

济南趵突泉公园里有一眼名泉漱玉泉，其畔有一组典雅的建筑，即李清照纪念堂。相传李清照曾于此掬水梳妆，填词吟诗，有人曾将其词作结为《漱玉词》。

李清照（1084—1155），号易安居士。她自幼天资聪慧，博闻强记。少年时代的李清照一直生活在济南，十六七岁时才来到父亲李格非任职的汴京（今开封）。初来京城，常回忆起家乡的湖泉美景和惬意生活，遂提笔写下这首处女作。

　　常记溪亭日暮，沉醉不知归路。兴尽晚回舟，误入藕花深处。争渡，争渡，惊起一滩鸥鹭。

初试词笔，就出手不凡，给词坛带来一股清风。不久又一首《如梦令》，一句"知否，知否，应是绿肥红瘦"，让天下文士莫不击节称赏，奠定了李清照"词女"的地位，也引得赵明诚大作相思之梦。

宋徽宗建中靖国元年（1101），二十一岁的赵明诚好梦得圆，与十八岁的李清照结为伉俪。赵明诚是山东诸城人，父亲赵挺之时为吏部侍郎。两家可谓门当户对，更难能可贵的是赵明诚酷爱金石文字，也爱好诗文，两人意趣相投，志同道合，时常诗词唱和，共同探究金石书画，无比地默契与美好。她写道：

> 卖花担上，买得一枝春欲放。泪染轻匀，犹带彤霞晓露痕。
>
> 怕郎猜道，奴面不如花面好。云鬓斜簪，徒要教郎比并看。

沐浴在爱河中的李清照，在宴尔新婚之时的词作，多是伉俪相娱、温馨甜蜜的味道。

然而，好景不长，在新旧党争中，其父被罢官回籍。没过几年，官至宰相的赵挺之也被排挤，不久气极身亡，赵氏家族一落千丈。

宋徽宗大观元年（1107）秋，赵氏一家人回到故乡。面对人生的巨大变故，李清照夫妇没有哀叹抱怨，而是安居乡里，共同商榷文史，研究搜求金石书画，并将其书房命名为"归来堂"。在这里生活的十余年中，夫妻二人把全部身心都扑在了对金石古籍的整理收藏上，共同完成了《金石录》的初稿，度过了一段琴瑟和鸣的美好时光，还留下了"猜书斗茶"的佳话。饭后，他们常常坐在归来堂里，先烹上一壶茶，然后指着堆积的书籍，轮流说出某一典故，让对方猜出自哪本书、第几卷、第几页、第几行，以猜中与否分胜负和饮茶先后。猜对了就举起茶杯，优先喝一杯。可是往往刚刚端起茶杯，就是一阵哈哈大笑，以致茶杯倾覆怀中，浇得一身湿漉漉的，却没有能喝上一口香茶。

宣和三年（1121），赵明诚出任莱州知府，"归来堂"里只有李清照顾影相怜。恰逢重阳佳节，清照思夫心切，填了一首《醉花阴》，同时还写了一封平安家书，托人一起寄送明诚。"佳节又重阳，玉枕纱厨，半夜凉初透。"思念之情委婉含蓄，却又情意浓浓，明诚看后倍受感动。元代伊世珍《琅嬛记》记载，赵明诚叹赏之余，也激起了好胜之心，决心也写几首词比拼一下，于是闭门谢客，经过三天三夜的冥思苦想，写就五十首词，并和清照的词杂放在一起，拿给朋友陆德夫品读，陆认真欣赏后说："这几十首词，只有三句极佳。""哪三句？"陆念道："莫道不消魂，帘卷西风，人比黄花瘦。"这正是清照所作。明诚自叹不如，自此心悦诚服。

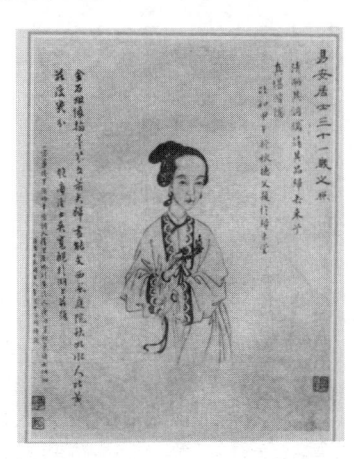

宋绘李清照像

"靖康之变"后，宗室南渡。宋高宗建炎三年（1129），赵明诚奉旨知湖州时，途中感染重疾，溘然长逝。李清照含泪告别故土，带着他们的文物书籍辗转洪州、越州、台州、杭州等地，无奈地看着与丈夫多年的心血在兵燹中散失、毁弃。这时期的李清照饱经国破家亡的不幸，备尝离乱之艰辛，她的词突破了原有的儿女私情，家国之念在《漱玉词》中开始占有重要空间。有"九万里风鹏正举，风休住，蓬舟吹取三山去"，更有"生当作人杰，死亦为鬼雄！""欲将血泪寄山河，去洒东山一抔土！"铿锵有力，倜傥有丈夫气！

李清照多才多艺，善书画，通音律，精于鉴别文物，诗词文赋俱佳，特别是那"以浅俗之语，发清新之思"的词篇，令她摘得了"婉约派之宗"的桂冠。李清照是济南的骄傲，是中国文学的骄傲！

6. 人中之杰，词中之龙

豪放派词人代表辛弃疾

辛弃疾塑像

辛弃疾（1140—1207），字幼安，别号稼轩居士，历城人（今历城区遥墙镇四风闸村），南宋著名的豪放派词人、抗金英雄，并有"人中之杰，词中之龙"之称誉。他的《稼轩词》现存620余首，其数量之多、质量之高，皆为两宋之最，并将爱国豪放词推向了词史的高峰。那他是如何在战场上赢得了英雄豪杰之名？这还得从他万军之中生擒张安国的故事说起。

辛弃疾出生时，家乡济南已被金人侵占，其父亲早亡，在爷爷辛赞的教导下，自小就立下远大抱负。绍兴三十一年（1161）九月，金主完颜亮决策南侵，大肆征兵，并搜刮民脂民膏作军费，进一步激起民间怨愤，于是中原豪杰义士纷纷举兵反抗。济南农民耿京带兵起义，队伍不久就壮大到25万人，先后夺取了莱芜、泰安，并占据东平府，给金人以沉重的打击。辛弃疾也毅然举起抗金的义旗，在济南聚众2000多人。不久，他投奔耿京，被委任为耿京军中的掌书记。当时金朝新的统治者已经稳定了北方的局势，并开始调集大军对义军实行各个击破的策略，在这种随时可能被剿灭的情况下，辛弃疾力劝耿京归附南宋政府，以便在南宋政权的统一节制下，与南宋官军遥相呼应配合，共同抗击金兵。耿京采纳了辛弃疾的建议，于绍兴三十二年（1162）正月派遣义军将领贾瑞和辛弃疾一起奉表归宋。贾、辛等一行人到达建康（今南京），受到了宋高宗的接见。宋高宗欣然接收这支义军，并给耿京、贾瑞、辛弃疾等众将领分别授予官衔。

任务完成后，辛弃疾等人北返，当抵达海州（今江苏连云港）时，却传来霹雳消息，耿京被害，起义军解散了。原来，张安国等在金军的诱惑下，设计杀了耿京，随后领了"重赏"，被任为济州知州。辛弃疾听说了事情的经过后，悲愤交加地对众人说："我们是奉了耿京大帅的命令，为了起义军的前途来归顺宋朝的，现在事情到了这个地步，如果不杀叛贼，我们如何对得起朝廷的信任，又如何对得起起义军的众将士？"辛弃疾立即挑选五十名精悍骑兵，直奔济州大营。趁黑夜，他们化装潜入金兵营帐中，当时张安国正与金兵将领得意忘形地畅饮，辛弃疾以迅雷不及掩耳之势，突然出现在酒席前，将张安国捆缚起来，如挟狡兔一般，拎上马背，然后飞奔出营，绝尘而去。敌人追之不及。辛弃疾束马衔枚，昼夜不停，将张安国送至临安（今浙江杭州），交给朝廷正法。这时辛弃疾年仅二十三岁。

生擒张安国的壮举，使辛弃疾名声大振，各地广泛传颂他的英勇事迹。陆游赞誉他"青史英豪可雄跨"，朱熹激赏他是"卓荦奇才"。同时更获得了皇帝的赏识，被委任为江阴军签判、建康府判官等职。这期间，他写了不少有关抗金北伐的建议。但宋室偏安江南，君臣苟安，辛弃疾始终未能实现其北伐中原的远大理想。

四十一岁起，辛弃疾失意闲居江西信州（今江西上饶）二十年之久。他以笔为剑，将一腔未酬壮志和深沉的家国之忧，写进其词作中，奏响了宋词的最强音，成为中华民族宝贵的文化财富。

千百年来，辛弃疾受到了人们世代敬仰和爱戴，其浩气英风在泉城大地上代代传唱。

7. 三事忠告

清正廉洁张养浩

　　张养浩（1270—1329），字希孟，号云庄，历城人（今天桥区北园街道），元代著名散曲家。其实，他还是一位杰出的政治家，自十九岁时就出任东平学正，又累迁堂邑县尹、监察御史、礼部尚书、参议中书省事、陕西行台中丞等职，一生居官清廉、刚正不阿、勤政为民，其思想和事迹广为传颂。特别是他撰写的《三事忠告》更是备受后人推崇。

　　张养浩勤于政务、谙熟诗文，而且心忧天下，善于思考，总结自己的理政经验，先后撰写了《牧民忠告》《风宪忠告》《庙堂忠告》，三本书本来是单本流传，到明朝时合为一卷，总题名《为政忠告》，后又名为《三事忠告》。

　　元成宗大德九年（1305），张养浩出任堂邑县尹，短短三年的基层生涯，让他思考怎样做一个称职的地方官，写下了一生中最为重要的著作《牧民忠告》。"牧民"指的是治理人民，主要从德行、操守、职事等方面阐述地方官员应具备的品质及处理政事的能力。

　　元武宗至大元年（1308），张养浩调任御史台监察御史，行使监督百官之责。此时朝廷上下腐败盛行，他认为只有从制度上入手，才能惩治顽疾。因此就撰写了《风宪忠告》，"风宪"意为法律风纪，主要从自律、尽责、为公等方面阐述监察官员应具备的修养及奉行的工作原则。张养浩把自律放在了第一位，提出一个"严"字："士而律身，固不可以不严也。然有官守者，则当严于士焉；有言责者，又当严于有官守者焉。"意思是说官员，特别是监察官员更要严于律己。

元仁宗即位后，张养浩任翰林直学士、礼部侍郎、礼部尚书等，延祐七年（1320）后升至中书省参知政事。在张养浩等官员的竭力推动下，停办四十多年的科举制重新恢复，给岌岌可危的元朝注入了新的活力。元朝中期出现了被称为"延祐之治"的短暂盛世。张养浩决心把自己在中央为官的经验总结下来，这就是《庙堂忠告》。"庙堂"是古代帝王祭祀、议事的场所，用于代指朝廷。而《庙堂忠告》主要从修身、立德、尽忠等方面阐述朝廷大员应具备的境界及担负的重要职责。

张养浩居官以清正廉明见称于世，在《三事忠告》中，他特别告诫为官从政者要戒贪养廉、洁身自爱。在《牧民忠告》中，他劝告为官从政者只有做到谨守公廉，才能避免灾祸、远离耻辱。如果清廉失守，即使一时未被查处，也会终日惴惴不安，与其在败露之时悔之晚矣，倒不如一开始就严加防范，以谨守公廉换得坦荡心安。在《风宪忠告》中，张养浩专门列举当时监察官员容易出现的十种徇私枉法行为，需要深加自省和坚决避免。在《庙堂忠告》中，张养浩以诸葛亮和元载为正反案例，奉劝身居庙堂之上的高级官员要效法诸葛亮一生清廉奉公，"二十年无尺寸之增于家"，夙夜在公以至鞠躬尽瘁死而后已。切不可像唐代元载一样利令智昏，唯利是图，不仅为世人所不齿，也使自己身陷缧绁追悔莫及。

《三事忠告》是中国古代官箴书的代表，蕴含着宝贵的政德理念，其廉政思想、修身思想、行政伦理思想以及对权力的深刻思考，在今天仍具有启迪和借鉴意义。

8. 白雪楼主人

"后七子"领袖李攀龙

明清济南享有"诗城"之誉，名家辈出，瞩目诗坛，其中"后七子"领袖李攀龙作出了重要贡献。李攀龙（1514—1570），字于鳞，号沧溟，历城人，明嘉靖二十三年（1544）中进士，历任刑部员外郎、陕西提学副使、河南按察使等职。嘉靖三十五年（1556），李攀龙辞官回到家乡济南，隐居高卧白雪楼十余年。在济南，流传着许多他和白雪楼的动人故事。

李攀龙回乡后，在历城王舍人庄之东鲍山下修建了一处小楼，初曰"鲍山楼"。后因友人魏裳建议，改称"白雪楼"，以寓战国楚人宋玉《对楚王问》赋中"阳春白雪""曲高和寡"之意。此楼面对青山，幽静且富有诗意。李攀龙记述道："楼在济南郡东三十里许鲍城，前望太麓，西北眺华不注诸山；大小清河交络其下。左瞰长白、平陵之野，海气所际。每一登临郁为胜观。"当时"历城十六景"之一的"鲍山白雪"就是指的这座楼。白雪楼给了李攀龙一片心灵净土，他在这里读书赋诗，与故交友人唱和往来，潜心创作，被尊为"宗工巨匠"。

后来，李攀龙又在大明湖畔修建了第二处"白雪楼"。据说，这座楼建在百花洲中的一座小岛上，四面环水，只备小舟往来渡客。所以，李攀龙的朋友许邦才在诗中称它为"湖中楼"。

关于此楼，有很多逸闻，据清代王士祯《带经堂诗话》中记载道：楼三层，最上其吟咏处，中以居其爱姬，最下延客。若有俗客来，李攀龙高卧楼上不出，不放舟引渡；若有文士到来，必须先把其所做诗文递入，只有得到许可，才能用一叶扁舟渡水而入，如果诗文得不到认可，李攀龙就在楼上呼道，还是快回去读书吧。爱姬是其妾蔡氏，据说蔡氏善烹调，有一做葱味包子的拿手绝活，制作时先将葱段插入包子肚内，出锅时将葱段拔出捏死插口，蒸出的包子馅中无葱却葱香浓郁，味道好得出奇。文友们来访，蔡氏常以葱味包子待客，大受友人的欢迎。

在百花洲白雪楼居住的这段日子，李攀龙与好友王世贞、魏裳等切磋诗文、诗酒唱酬，共览济南山泉湖林，以其雄浑俊丽的笔触歌咏家乡的山水。他还对家乡文友极力揄扬，他周围

趵突泉畔白雪楼

成长起一批像许邦才、殷士儋、袭劼等较有成就的诗人，推动了"历下诗派"的兴盛。

李攀龙去世后，他的白雪楼逐渐凋敝。万历年间，山东布政使叶梦熊仰慕李攀龙才学，为了纪念这位诗文大家，自己出资在趵突泉畔又建了第三座白雪楼，此后二三百年间不断有人捐助修缮，一直保留完好，直到1956年趵突泉公园扩建时被拆除。1996年，趵突泉公园又重建白雪楼，为二层仿古建筑，风格古朴典雅，成为人们追念名士李攀龙的最佳去处。

9. 藉书园

公共图书馆先驱周永年

周永年（1730—1791），字书昌，号林汲山人，故居在东流水街（今五龙潭公园内）。清代著名学者、藏书家，在校勘学、目录学等方面成绩卓著。他创建了中国历史上第一家公共图书馆，"与天下万世共读之"，是他一生的梦想与追求。

周永年自幼好学，过目成诵，小小年纪就对书籍有异乎寻常的痴爱。他四五岁时经过一个书肆，就掏空口袋买回一本《庄子》。青年时代，虽然生活清贫，但百无嗜好，唯喜购书读书，即便是典当衣服也尽力搜求。多年来，他知道聚书艰难、藏书易散，更深知读书人尤其是贫苦人家子弟无书可读之苦，遂产生了书为公用的理念。他撰写《儒藏说》，认为自汉朝以来，无论是官府还是私人所藏之书浩如烟海，但大多散佚殆尽，其主要原因在于他们的藏书都为一己之用，而不能广泛传播，使得许多书籍"藏之一地，不能藏于天下；藏之一时，不能藏于万世也"。因此他主张把天下之书收集分类整理修成《儒藏》，分布于各处，让天下人共读之，让书流通使用。他说，如果能将藏书公开，有利于书籍的刊布流传，以保证"世有变故而书不亡"，那么古人著述自今永无散失，"以与天下万世共读之"。

此外，他还制订了《儒藏条约三则》：一是选择一固定场所，建义学设义田，有书者出书，有钱者捐钱，形成一处公共藏书点，逐步积累；二是藏书之处则宜择"山林间旷之地"，以避水火之灾；三是利用义田田租的收入作为公共藏书阅览点的费用。这可以说是公共图书馆思想的萌芽。

周永年不但是我国公共图书馆思想启蒙者，还是身体力行的实践者。为实现这个前无古人的创举，周永年多方呼吁，以期志同道合者参与其中，使有钱者出钱，有书者出书，有地者出地。他分别写信给好友李文藻、孔继涵、俞思谦、韩锡胙等人，向他们描绘一幅"公共图书馆的蓝图"，并将其命名为"藉书园"。

乾隆三十三（1768）前后，周永年曾先后去蒙山、青州、莱芜肃然山、泰安徂徕山等地考察选址，但因种种缘由没有实现。有学者考证，历经曲折，直至乾隆五十四年（1789），在挚友桂馥帮助下，最终在济南五龙潭畔创办了藉书园。藉书园集合二人所藏，藏书多达十万余卷。他还编写了《藉书园书目》，以方便来者借阅、查找。藉书园的出现，标志着向近代公共图书馆迈出了举足轻重的第一步。

其实，自乾隆三十六年（1771）周永年中进士后，就赴京师任翰林院编修，又参与纂修《四库全书》。由于精力及财力所限，也没能完全实现其藉书园的理想。但他突破过去秘不示人的藏书陋习，提出公共儒藏思想，并创设藉书园，可谓开时代风气之先，其思想和行为闪烁的智慧光芒，当为后世所敬仰和弘扬！

10. 一孟皆善

瑞蚨祥传奇掌门孟洛川

　　济南市章丘区刁镇有一个古老的乡村——旧军村。清康熙年间，旧军的孟家已开始经商，此后世代相沿，成为典型的经商世家。旧军孟家的商号名称中多带有"祥"字，瑞蚨祥是其中最耀眼的一支，并创造了很多商业传奇。

　　瑞蚨祥从发展至鼎盛的七十余年间，掌门人一直是孟洛川。孟洛川（1851—1939），名继笙，字洛川。他从小机灵顽皮，天赋异禀。十八岁时，就开始掌理北京瑞生祥、庆祥及济南瑞蚨祥的生意。他树立"货真价实、童叟无欺"的经营理念，秉承热情周到、顾客至上的服务理念，使得瑞蚨祥的生意蒸蒸日上，跃居济南绸布业的首位。光绪十九年（1893），他决定在北京大栅栏创办"瑞蚨祥绸布洋货店"，经营绸缎、洋货、皮货、百货，生意日益兴隆。光绪二十六年（1900）八国联军入侵北京，瑞蚨祥惨遭焚毁，成为一片瓦砾。孟洛川不灰心、不丧气，重整旗鼓，励精图治，三年后，又建成了北京瑞蚨祥新营业楼，比以前更为华丽，生意更旺，人们称瑞蚨祥"越烧越兴旺"。至20世纪30年代，孟洛川在北京、青岛、天津、烟台等地相继开设商号二十余家，员工千余人，房产三千余间，瑞蚨祥已发展成为集布匹、绸缎、绣品、皮货、织染、茶叶、首饰、钱庄、当铺等众多经营项目的联合企业。孟洛川还创立了"一号多开、统一进货、统一销售"的连锁经营模式。美国零售业巨头沃尔玛公司创始人山姆·沃尔顿曾称："我创立沃尔玛的灵感来自中国的一家老商号。一百年前，这家老商号用一种能带来金钱的昆虫为商号起名。它可能是世界上最早的连锁店。它干得很好，好极了！"山姆·沃尔顿所说的老商号便是瑞蚨祥。

旧军孟氏为亚圣孟子后裔，传承儒家思想，以德为本、以义致利、博施济众，号称"一孟皆善"。孟洛川经商讲究"财自道生，利源义取"，奉行的是"见利思义、为富重仁"。因此，他积极参与慈善事业和公益事业。光绪年间，黄河常决溢成灾。孟洛川与其兄弟先后"捐金累万"，出资堵口修堰。他还在章丘设立社仓，以积谷备荒，对灾民进行救济。他每年腊月做二百套棉衣，并用大锅煮粥进行冬赈；夏季做二百套单衣，备好茶汤进行夏赈。同时还免费为穷人看病拿药。光绪二十九年（1903）山东又遭荒歉，巡抚毓贤委孟洛川任平粜局总办，他与兄长孟继箴认赈1.4万两白银，从东北购买高粱，半价售给灾民。他还出资在章丘城修文庙，建尊经阁，在旧军重修圩墙，设立义学，捐资协修《山东通志》等。

一孟皆善，终成大商。孟洛川凭借自己的胆识和儒家修为，缔造了一个名扬四海的商业帝国，演绎了一段东方商人的传奇，以经世济民之风范流芳后世，不愧为近代儒商的杰出代表！

11. 步枪打飞机

武中奇的抗日传奇

武中奇（1907—2006），长清人。他是当代著名书法家，更是一位身经百战、功勋卓著的革命家。1936年加入中国共产党。当时，他在济南曹家巷11号的家成为中共山东省委机关驻地，前后达两年之久。抗日战争中，武中奇领兵与日寇作战270多次，却鲜有败绩且毫发未损，其威名令敌人闻风丧胆。他的身后留下了许多脍炙人口的传奇故事，"步枪打飞机"就是其中一个。

1938年10月初，武中奇率八路军第四支队特务大队在泰河流域开辟新的游击区。10月8日，武中奇带领一个营进驻淄川地区太和庄。这里刚刚经过日军扫荡，鬼子烧杀奸淫，无恶不作，断壁残垣还在冒着黑烟，被杀害的乡亲们躺在血泊之中。战士们目睹这凄惨景象，怒火中烧，发誓要讨还血债！

次日一早，武中奇带着几十名战士在村外山坡上进行侦查和训练，忽然传来马达轰鸣声。武中奇急忙抬头往天空一看，一架敌机正朝这个方向飞来。它肆无忌惮地低空飞着，几乎擦着了树梢。是躲避空袭，还是就地迎战？武中奇灵机一动：正在训练的战士们用的是苏式水连珠步枪，射程远，威力大，没准能把敌机打下来。于是他果断命令："全排仰卧，集中火力向敌机射击！"战士们迅速分散举枪仰卧，朝着敌机狠狠地喷射，敌机还没反应过来，竟有子弹击中了飞机的要害部位，只见敌机尾部冒起浓烟烈火，晃晃悠悠地向地面栽了下来。战士们从地上爬起来，欢呼跳跃，高喊："飞机掉下来了！看日本人还敢不敢猖狂！"

武中奇带领战士们朝着敌机坠落的方向一气跑了十多里，在辛集村外山里找到了被击落的飞机。他登上飞机残骸，与几名战士拆下敌机上的机枪，收起机舱内的文件。飞机上共有五个飞行员，四个都命丧当场！只剩一个机械师跳伞落地后仓皇逃窜，被周围的群众发现，紧追不舍，武中奇带战士们冲上去将其生擒。

这可不是一般的小飞机，是日本从意大利进口的远程轰炸机，是从济南起飞，去轰炸九江后返航的，不料在这里被八路军击落。

用步枪打下日本重型轰炸机，这简直是奇迹！八路军第四支队将敌机残骸拉到山东抗日根据地进行了展览，武中奇等人受到了表彰。这个战例大大鼓舞了抗日军民的士气！武中奇的大名，也迅速传遍全国。

（二）八方来客

1. 鹊湖泛舟

李白在济南的仙踪

"昔我游齐都，登华不注峰。兹山何峻秀，绿翠如芙蓉。"
这是李白的一首回忆之作。李白一生遍游名山大川，却对济南
的一座小山华不注情有独钟。有了李白的吟诵，华不注的知
名度大大提升。历代文人墨客游济南，纷纷踏诗仙之足迹，
来这里赏景留诗。

李白为何来济南呢？唐玄宗天宝三年（744）春，奉诏入
朝仅仅两年的李白就被迫离开了长安。曾经的远大理想化为幻
影，心情郁闷至极。于是产生了遁世之心，醉心于访仙求道。
在洛阳与杜甫相遇，一起去道教圣地王屋山寻访道士华盖君，
得知华盖君已亡故，怅然至极。随后，李白前往安陵（今河南
鄢陵），请道士盖寰为他做好道箓（即道家的秘文），准备到
齐州（治所在今济南）请道士高如贵为其举行授道箓的仪式。
因此，李白来到了济南。著名的北海道人高如贵专程来到济南，
在华不注之阳的紫极宫为其授箓。李白对高天师很是感激。当
高如贵要回北海（今山东青州）时，他特意设宴为其饯行，还
作《奉饯高尊师如贵道士传道箓毕归北海》一诗相赠。

正式成为道士之后，李白内心得到了暂时的平静和解脱，于是开始游览济南的湖光山色。他登上华不注，泛舟鹊山湖，赋诗抒怀，写下《陪从祖济南太守泛鹊山湖三首》，留下了最早描写鹊山湖的诗篇。

初谓鹊山近，宁知湖水遥。
此行殊访戴，自可缓归桡。
湖阔数十里，湖光摇碧山。
湖西正有月，独送李膺还。
水入北湖去，舟从南浦回。
遥看鹊山转，却似送人来。

在济南的匡山还有一处"李白读书堂"遗址。早在金元时期，著名文学家元好问游历济南后，在《济南行记》中写道："匡山，齐河路出其下，世传李白尝读书于此。"元人于钦所撰的《齐乘》一书中亦云："历城北有匡山，世传太白读书于此。"清代文人在题咏济南匡山的诗文中几乎都要述及这一传说。

当然，我们知道李白发愤苦读的匡山应位于四川江油。但济南人还是相信这个传说，也许是对诗仙李白的喜爱使然吧。况且李白当年曾游览、题咏过的华不注就在离匡山不远处，说不定也曾登临过呢。

诗仙李白游历济南，谱写下华美诗篇，为济南的湖山增辉，为济南的文化添彩！

2. 大明湖畔南丰祠

政绩卓著的曾巩

"北渚云飞，泺水历山迎帝子；明湖波净，莲歌渔唱念曾公。"这是大明湖北门曾公画壁上的对联，深切赞颂了唐宋八大家之一的曾巩任齐州知州期间，兴修水利、整顿治安、改革教育、奖励农耕等政绩，以及离任时齐州人民绝桥闭门挽留他的感人场面。北宋神宗熙宁四年（1071）六月，济南迎来一位风流太守，那就是名满天下的唐宋八大家之一曾巩。曾巩字子固，江西南丰人，世称南丰先生。他任齐州知州两年间，政绩卓著，为济南留下了丰富的遗产。

济南的地势南高北低，南部山区和城内群泉的水都要排泄到城北洼地，在北郊形成大片湖沼，隋唐时叫"历水陂"（今大明湖）。唐代在北岸修筑了高大的城墙，将湖圈到了州城内，湖水北泄通道被阻隔，因而城内经常发生水患。曾巩考察了解后，第二年的三月份就开始动工，在北门修建水闸。这样可以根据水位涨落开启闸门，湖水多时开闸放水，水少时闭闸蓄水，从而消除了水患。

望着汩汩泉水和明镜似的湖水，曾巩心中勾勒出一幅美丽的画卷，开始了湖山林泉的规划和整修，为济南成为一个潇洒的园林名城，作出了彪炳史册的贡献。他在北城墙上修建了雄伟壮观的北渚亭，置身其上，尽览湖光山色之胜。在湖的南岸原有一片杂草丛生的水塘，修整后名为百花洲，在洲内建造百花台，从百花洲向北修筑了一条贯通湖南北岸的长堤——百花堤，将湖水分为东西两部分。沿堤种植花草、绿柳，游人可沿着长堤直抵北城墙，登北渚亭。沿湖及泉渠间建有百花桥、芙蓉桥、水西桥等七座造型各异的石桥，构成碧波桥影、绮丽柔媚的"七桥风月"胜景。在大明湖西湖的东岸、南岸，于水畔或湖内小岛上修建了芙蓉堂、凝香斋、环波亭、水香亭等亭台水榭。经过曾巩的精心建设，大明湖（时称西湖）展现出迷人的风采。曾巩也忍不住提笔写下《西湖纳凉》："问吾何处避炎蒸，十顷西湖照眼明。鱼戏一篙新浪满，鸟啼千步绿阴成。虹腰隐隐松桥出，鹢首峨峨画舫行。最喜晚凉风月好，紫荷香里听泉声。"

趵突泉曾用过"泺""娥英水""槛泉""瀑流"等名字。曾巩名之"趵突泉"，雅致而又响亮。在趵突泉畔修建了泺源堂和历山堂，还撰写了《齐州二堂记》。这篇文章中，他考证了泉水之源，认为趵突泉之源不在王屋山，而在南部山区；还认为历山为"舜所耕处"，这对济南历史文化产生了深远影响。

曾巩还积极推行新法，加强了齐州地方治安。在曾巩到任之前，齐州地方豪强势力十分猖獗，他们结党称霸，横行乡里。如济阳曲堤周氏家族以资产雄厚称霸一方，虐杀平民，无恶不为，其势力之大，连一些州县官吏都惧其三分。曾巩到任后，依法惩处了作恶多端的周高。从此豪宗大姓束手屏气，不敢违法犯科。为了加强治安，曾巩将百姓编为保伍，实行明赏、夜巡等措施。他还减轻徭役、注重教育，齐州社会秩序日益安定，人民生活日益富裕，出现了"仓廪实""里闾安"的景象。

两年间，曾巩对济南的山川风物情有独钟，写下大量歌咏诗篇。曾巩深爱着济南，其斐然政绩也得到了济南人民的爱戴。曾巩离任时，百姓关闭城门苦苦挽留，他只好趁着夜间悄悄出城。

济南百姓至今不忘这位齐州太守，在大明湖东北岸修建"南丰祠"，纪念为济南作出卓著贡献的曾巩先生。

3.《鹊华秋色》图

赵孟頫创出绝世名画

赵孟頫（1254—1322），字子昂，号松雪道人，元代著名书法家、画家、诗人。元世祖至元二十九年（1292）来到济南，任同知济南路总管府事。两年多时间里，他在济南平冤狱、兴学校、奖人才，饱览这里的山水胜景，写下了许多脍炙人口的诗文佳作。未曾想，他返乡后，又做了一件让济南名扬天下之事。

元成宗元贞元年（1295）冬，在外宦游十载的赵孟頫以病告辞，离京返回了家乡湖州（今浙江吴兴）。一天，他与周密

《鹊华秋色》图

等好友一起畅饮，盛赞济南的山川之胜。这勾起了朋友周密的浓浓乡思。因为周密祖籍济南，北宋末年举家南迁。周密虽出生、成长于江南，但对家乡有着深厚感情，常常自称"齐人""华不注山人"。为了缓解周密的思乡之苦，赵孟頫凭着记忆，创作了一幅济南山水画，这就是著名的《鹊华秋色》图，赠送给周密。他还在这幅画上留下了这么一段话：公谨（周密字公谨）祖上是济南人，我在济南待了两年多，和他谈起济南的山川景胜，数华不注山最出名，峻峭独立，令人称奇，但公谨从来没有回过济南，我便画了华不注山和鹊山给他看，其东为鹊山，题为《鹊华秋色》。

在这卷如梦中田园般宁静的长卷里，赵孟頫以他精妙的笔墨，描画了济南北郊的风景，一片辽阔的泽地和河水，遥遥相望的鹊华二山，右边尖而峭的是华不注山，左边缓而圆的是鹊山。两山之间有平川洲渚，红树芦荻，竹篱茅舍，远水秋波。有农人安详地劳作，或撑篙，或打鱼，或倚门，还有四五只小羊在悠闲踱步。一派秋色美景，恬静幽淡、大气古远，被画界誉为元代文人画的代表作。这也成为这位著名书画大家的"得意之笔"。

《鹊华秋色》图问世后，广受历代文人骚客、社会名流的追捧赞赏，画面上留下大量的题跋和印鉴，收藏印更叫人应接不暇。这幅画曾为杨载、文徵明、董其昌、纳兰性德等众多名流收藏过，后入了清内府并被编入《石渠宝笈》，成为皇帝的心爱之物。乾隆视其为珍宝，经常观摩赏玩，每次展开欣赏时，无比向往那里的美景。

清乾隆十三年（1748），皇帝东巡至济南，登上北门城楼，极目远眺，美轮美奂的鹊华胜景展现眼前，不仅大为叹赏。似曾相识的风景好像在哪里见过，忽然想起那是在赵孟頫的画中。遂立即命侍从飞骑赶回北京宫中，取来画卷，展开这幅四百余年前的名画，对画观景，看景品画，兴致大发。乾隆在沉醉于"图与景会""两相比拟"时，却在赵孟頫的题记中发现了错误。赵孟頫在题记中写到"其东则鹊山也"，然而乾隆发现鹊山在华山之西，两座山的方向刚好记反了。对于赵孟頫题记中的这个错误，乾隆疑为"一时笔误"。不过，乾隆对于这个发现颇为自得。他在已经满满当当的画面上见缝插针，先后写下了九则题跋，四则提到鹊山在西，华山在东。可见他十分得意自己的发现。借用乾隆自己的话来说，就是"天假之缘，岂偶然哉"！

绝世名画《鹊华秋色》图承载着无尽的乡愁与爱恋，浓缩了泉城的历史和文化，这是赵孟頫留给济南的巨大文化财富。现今这幅画收藏于台北故宫博物院。

4. 家家泉水，户户垂杨

刘鹗笔下的济南

"家家泉水，户户垂杨"是对泉城特色风貌最精辟的概括，这是刘鹗留给济南的妙词绝句。刘鹗，字铁云，江苏丹徒（今镇江）人。他博学多识，在辞章乐律、考古史地、治河历算、农工商医等方面皆有建树。光绪十六年（1890），刘鹗携家眷来到济南就任黄河下游提调，帮办河务，在济南生活了近三年时间，这里的山水名胜、风土人情给他留下了深刻印象。

光绪二十九年（1903），刘鹗以"鸿都百炼生"为名发表了小说《老残游记》。《老残游记》记述了一个摇串铃的江湖医生老残在游历途中的所见、所闻及所为，反映了清朝末年山东一带的社会生活面貌和人民的疾苦，揭露了清王朝吏治的黑暗，被誉为晚清四大谴责小说之一。但对济南人来说，《老残游记》更是一部彰显晚清济南景观风情的力作。书中对济南的风俗人情、自然风貌、文艺盛况作了精彩的描绘。

他写初到济南的观感，"到了济南府，进得城来，家家泉水，户户垂杨，比那江南风景，觉得更为有趣"。短短数言，济南府的特色风貌跃然纸上。他写大明湖和千佛山，特别是"佛山倒影"的奇异景观，吸引了无数游人前来观瞻。

到了铁公祠前，朝南一望，只见对面千佛山上，梵宇僧楼，与那苍松翠柏，高下相间，红的火红，白的雪白，青的靛青，绿的碧绿，更有那一株半株的丹枫夹在里面，仿佛宋人赵千里的一幅大画，做了一架数十里长的屏风。正在叹赏不绝，忽听一声渔唱，低头看去，谁知那明湖业已澄净的同镜子一般。那千佛山的倒影映在湖里，显得明明白白，那楼台树木，格外光彩，觉得比上头的一个千佛山还要好看，还要清楚。

他写明湖居听白妞王小玉说书最为出色，真可谓是纸上传声，精妙绝伦。

> 王小玉便启朱唇，发皓齿，唱了几句书儿。声音初不甚大，只觉入耳有说不出来的妙境：五脏六腑里，像熨斗熨过，无一处不伏贴；三万六千个毛孔，像吃了人参果，无一个毛孔不畅快。唱了十数句之后，渐渐的越唱越高，忽然拔了一个尖儿，像一线钢丝抛入天际，不禁暗暗叫绝。

刘鹗用一连串出人意表的比喻，把白妞说书的妙处形容得出神入化。在古今描写音乐的小说散文中，刘鹗这段关于说书音乐的描写真正做到了前无古人，达到了登峰造极的地步。

《老残游记》还描写了大明湖、历下亭、鹊华桥、舜井、历山、趵突泉、金线泉、珍珠泉等众多景观。风景秀美的济南给予了刘鹗创作的灵感，刘鹗用高超的艺术之笔为济南增辉添彩！

5. 断魂枪

老舍学拳记

老舍是文学大家，他的文学功绩世人都已经十分了解，但很少有人知道他曾拜济南拳手为师，并一直坚持拳术锻炼。"上面刀枪剑戟斧钺钩叉一字排开，十分抢眼，以为是误入了一个练家子的家中。"这是诗人臧克家先生晚年在回忆老舍先生的文章里记述的情景。

1930年夏，老舍接受齐鲁大学聘请来到济南，任教于文学院，并主持编辑《齐大月刊》。平日除了上课，老舍大多时间伏案写作。1933年4月，老舍忽然后背痛得很厉害，夜里痛得不敢翻身，白天走路得拄手杖。去看大夫，贴了膏药，喝了虎骨酒，收效都不大，身体和精神备受折磨。一位朋友建议老舍不妨打打太极拳试试，气脉畅通疼痛自然解除，并推荐了一位回民武术家马永奎先生。

马永奎，字子元，自幼习武，拳术、枪术超群，有"山东一杆枪"之美誉。当时马永奎在馆驿街开办国术馆，居住在上新街，距老舍家不远。因此，马永奎每天早上登门教拳。一开始练习太极拳，摸鱼式的太极拳大约打了近半年时间，没想到腰背痛竟渐渐好了。老舍自述道："因为打拳，所以起得很早；起得早，就要睡得早；这半年来，精神确是不坏，现在已能一气练下四五趟拳来。"一年下来，又学习了查拳、洪拳等二十余套拳术，还有枪剑与对击等。老舍坚持天天早上练拳舞剑，食欲渐增，身体越来越好了，精力更旺盛了。两人也成了无话不谈的好朋友，马永奎给他讲了很多武术界的故事。

1934年秋，老舍要到青岛国立山东大学教书去了，临行前与马永奎饮酒话别。为了表示感谢，老舍专门请著名画家关友声画了一幅水墨山水画扇，背面是他书写的题记，细述了跟随马先生学习拳术的过程。他称："子元先生教授有方，由浅入深，不求急效，亦弗奇所长，良可感也。"由于受益良多，老舍从此始终坚持锻炼，无论是去了青岛，还是重庆等地，清晨的院子里都有他娴熟优美的打拳身影。

由于与马永奎的交往，老舍装了一肚子拳师们的传奇故事。在他的小说和剧本中，都可以看到这些拳师的影子。1935 年老舍发表了短篇小说《断魂枪》，讲述清末民初，镖局被洋枪取代后，身怀绝技的镖师沙子龙无奈把镖局解散，而"五虎断魂枪"的枪法也决不再传的故事。主人公"神枪沙子龙"，就是马永奎的化身。后来又创作了抗战话剧《国家至上》，老舍就明确地说："剧中的张老师是我在济南交往四五年的一位回民拳师的化身。"

济南生活为老舍增添了很多小说素材。他在济南四年间，创作了《大明湖》《猫城记》《一些印象》等作品。特别是用那充满诗意的语言赞叹济南的秋天和冬天，老舍为济南增添了无限魅力！

6. 济南名士知多少，君与恩铭不老松

王尽美、邓恩铭参加中共一大

1961 年，董必武去武汉途中，深情地怀念起同为一大代表的王尽美和邓恩铭，提笔写下了诗作《忆王尽美同志》："四十年前会上逢，南湖舟泛语从容。济南名士知多少，君与恩铭不老松。"

1921 年春，经过王尽美、邓恩铭等人的积极联络筹备，济南共产党早期组织成立。7 月 23 日，中国共产党第一次全

王尽美与邓恩铭

国代表大会在上海开幕。王尽美、邓恩铭作为济南共产党早期组织的代表出席了中共一大。这一年，王尽美23岁，邓恩铭20岁。

　　王尽美和邓恩铭是第一次来上海，也是第一次参加全国性的活动。他们认为这是一个历史性的聚会，一个很好的学习、交流机会。所以，在等待开会的时日，他们拒绝了上海大都市风光的诱惑，闭门不出，贪婪地阅读着大会发起组准备的有关资料和代表们带来的各种书刊。王尽美、邓恩铭拜访各地代表，热情地跟他们交谈。在房间里，在餐桌上，利用一切机会向各地代表求教，跟代表们畅谈对马克思主义的认识。

　　7月23日晚上，中国共产党第一次全国代表大会开幕。大会第二天，王尽美和邓恩铭与各组代表一起，报告了济南的政治形势、党组织的简况及在宣传马克思主义和开展工人运动方面所做的工作，并进行了热烈讨论。

　　中国共产党的成立，更加坚定了王尽美、邓恩铭矢志为共产主义奋斗的信念，王尽美为此作了一首《肇在造化——赠友人》的诗："贫富阶级见疆场，尽美尽善唯解放。潍水泥沙统入海，乔有麓下看沧桑"。并将名字由王瑞俊改为王尽美，表明为解放全人类、实现"尽美尽善"的共产主义崇高理想而献身的决心和革命必胜的信心。

　　一大期间，毛泽东、董必武、王尽美、邓恩铭相邻而居，彼此交流颇多，印象颇深。在公开的记载中，毛泽东主席曾四次专门提到过王尽美。1936年毛主席在延安同美国记者斯诺谈话时说道："王尽美和邓恩铭是山东支部的创始人。"1949年新中国成立前夕，其又对山东负责人说，革命胜利了，不要忘记老同志。你们山东应当把王尽美、邓恩铭同志的情况搞清楚，应该收集烈士遗物。他这样回忆王尽美："王尽美耳朵大，长方脸，细高挑，说话沉着大方，很有口才，大伙都亲热地叫他'王大耳'。"1952年，毛泽东在山东视察时说："你们山东有个王尽美，是个好同志。听说他母亲还活着，你们要养起来。"一直到1969年党的九大上，毛泽东又回忆道："有好几个代表牺牲了，山东的代表王尽美、邓恩铭……都是牺牲了。"

王尽美和邓恩铭为济南及山东共产党早期组织的创建和发展作出了卓越贡献，又为中国共产党的创建作出了重大贡献。他们光辉的一生，生动诠释了共产党人矢志践行的初心使命。他们为济南这座历史文化名城增添了无上的荣光。

三

山水泉城

"济南的美丽来自天然，山在城南，湖在城北。湖山而外，还有七十二泉，泉水成溪，穿城绕郭。"济南是举世闻名的天下泉城。城厢内外，清泉星罗棋布，有"千泉之城"美誉。众泉汇流成的大明湖，像一面明镜，风景秀丽，如诗如画。城南群山连绵，环列如屏，城北平川上齐烟九点，鹊华之间，黄河奔流，小清潺潺，造就了济南"山泉湖河城"浑然一体的独特风貌，引得无数风流雅士挥毫泼墨、歌咏赞叹。日夜喷涌的清泉，讲述着泉城济南的古老传说，描绘着"潇洒似江南"的绮丽景观。

（一）泉甲天下

1. 趵突泉

乾隆钦封"第一泉"

趵突泉何以称为"天下第一泉"？

相传，乾隆皇帝御封北京西郊的玉泉为"天下第一泉"不久，便开启了南巡之旅。行至济南时，刻意观赏了趵突泉。趵突泉那三泉喷涌、声如隐雷、势若涌轮、水花飞舞的奇观，令

趵突泉

皇帝大为赞叹；而品饮趵突泉水泡的茶，更是入口难忘，甚至感到比自带的玉泉水还要甘美爽口，于是，吩咐手下将携带的玉泉水倒掉，全部换成趵突泉水。不久，便把"天下第一泉"御名，由北京的玉泉改封给了济南的趵突泉。

这个传说不是空穴来风，而是有真"来头"。

据《清实录》记载，清乾隆十三年（1748）初，乾隆第一次巡视济南。短短四天行程中，两次观赏趵突泉，无不透着对趵突泉的喜爱。第二次再临趵突泉时，情怀感发，写下长诗《再题趵突泉》，其中"拈咏名泉亦已多，汎兹实可称观止"两句，大意是，我一生见过、咏过的泉很多，可眼下看到趵突泉后，实在是觉得可称"观止"，不必再看其他泉了。乾隆皇帝用了"观止"二字，足见对趵突泉为"天下第一泉"的至高评价。后来，此作镌刻于康熙皇帝亲书御碑"激湍"背面，被称为"双御碑"，这座举世无双的双御碑，成为清代祖孙两帝爱重趵突泉的佐证。

其实，趵突泉"天下第一泉"的美誉，不只源自帝王之意，尚有许多的渊源历史。

由宋代曾巩定名的趵突泉，一直以来都是文人雅士光顾的地方。明代诗人晏璧，在他的《七十二泉诗》中，将趵突泉列为"第一泉"，其《趵突泉》诗道："渴马崖前水满川，江心泉迸蕊珠圆。济南七十泉流乳，趵突独称第一泉。"清代文学家蒲松龄更是直接把"魁首"给了趵突泉，其《趵突泉赋》诗作，称趵突泉为"海内之名泉第一，齐门之胜地无双。"清道光年间济南举人王钟霖，在其《第一泉记》中，详细记述了题写"第一泉"的情由，文中提到："齐郡唐际武先生云：'吾行几遍天下，所谓第一、第二泉者，皆不及吾济诸泉，惜陆羽未品之耳。'夫泉之著名在甘与清。趵突甘而淳，清而洌，且重而有力，故潜行远而蠚腾高。……毛海客云：'济南名泉七十二，独有趵突称神功。'又云：'呜呼！此泉洵第一，碑记尝读曾南丰，则趵突实为第一。'"从这段记述可以读出，王举人是在借用名人所言，指出趵突泉是有口皆碑的天下第一泉。

对于泉水众多的中国，被称为天下第一泉的尚有多处，如江苏镇江的中泠泉，北京玉泉山的玉泉，山东济南的趵突泉，四川峨眉山的玉液泉等。那么，济南趵突泉何以跻身天下第一泉的呢？过硬理由有三。

其一，观其形——泉涌气势如虹。凡亲临趵突泉者，过目不忘的莫过于其三泉喷涌，势若鼎沸、精神高昂的壮盛气势。这一无与伦比的"趵突腾空"景象，被古人列为"济南八景"之一。北魏郦道元的《水经注》，对趵突泉的自然特征作出最早描述："泉源上奋，水涌若轮。"之后，文人贤达对趵突泉的赞美层出不穷，如元代赵孟頫有："泺水发源天下无，平地涌出白玉壶"和"云雾润蒸华不注，波涛声震大明湖"的刻画。清代钱泳曰："三窟突起，声如殷雷"。除了这些雅句，本地老人还以傲气的口吻说："听老辈人讲，1920年那会儿，泉眼（趵突泉）冒水能达一米多高；60年代也能冒出二尺多高呢……"

其二，品水质——清醇甘甜绵软。济南地区独特的岩溶地质，如同层层滤网，把趵突泉水滤得清澈无比，杂质、含菌量极低，且常年水温稳定，清爽甘美、绵软适口，是理想的天然饮用水。往昔泉边人家，用泉水淘米、做饭、生豆芽，养鱼、种花、冰西瓜，泉让人受惠，人与水和谐，便让泉有了灵魂。古往今来，唯泉城百姓独享大自然的这份丰厚恩赐。

其三，探其源——文化底蕴深厚。济南地区最早的文字记载是甲骨文中的"濼"字，趵突泉就是濼水发源地。自古以来，名人雅士对趵突泉及其周边名胜赞叹题咏诗文极多。古有曾巩、苏辙、晁补之、元好问、赵孟𫖯、张养浩、边贡、王士禛、蒲松龄、何绍基等文士名流，今有郭沫若、老舍、柳亚子、艾芜等诗人作家，数不胜数。泉池周边名楹佳作光耀、亭堂楼榭璀璨，积淀了济南独具特色、底蕴深厚的泉水文化、名士文化。

纵论古今，天下第一泉"综合评价指数"最高者，当属济南趵突泉。

2. 珍珠泉

王府中的贵族泉

明代，珍珠泉大院曾是赫赫有名的德王府。

明朝开国后，珍珠泉大院内建成山东都指挥司衙署。天顺元年（1457），英宗朱祁镇立次子朱见潾为德王。原本建藩德州的朱见潾以土地贫瘠、风沙大为由，欲把王府由德州迁往济南城，父亲未予恩准。至成化二年（1466），宪宗即位，特准德王迁至济南，并将原山东都指挥司衙署迁移，原址改扩建为德王府，至此，珍珠泉落入德王府。

其实，"有头有脸"的人"占"珍珠泉大院之事早已有之。

自元代"济南公"张荣"圈占"珍珠泉后，官衙府邸设在珍珠泉畔的事历代皆有，甚而，康熙、乾隆出巡时，也偏爱珍珠泉大院，特以此地为行宫。历史上，珍珠泉大院之所以吸引如此多高规格人士，除因园内独具清雅幽静的园林之美，还因镶嵌在院里的那颗耀眼明珠——珍珠泉。如此，珍珠泉被誉为王府中的贵族泉。

珍珠泉

珍珠泉，因平地涌泉，错落如珠而名。历史上的珍珠泉颇负盛名，与趵突泉不相上下。清康熙帝第一次见到珍珠泉，欣喜不已，遂题写"清漪"二字，书不尽意，不尽欲言。时隔五年，康熙再次驾幸珍珠泉，欣然赋诗《观珍珠泉并序》："昔经过趵突，曾赋篇什；今临珍珠泉上，爱其澄澈，题曰'作霖'。"把珍珠泉水喻为润泽万物的天降甘霖。

再说说乾隆帝与珍珠泉的交集。乾隆十三年（1748），乾隆皇帝巡视济南，游览珍珠泉，夸赞其天然无饰，犹如仙境，可与趵突泉齐名冠绝天下群泉，于是题记："济南多名泉，岳阴水所潴。其中孰巨擘，趵突与珍珠。趵突固已佳，稍借人工夫。珍珠擅天然，创见讶仙区。卓冠七十二，分汇大明湖……"句句洋溢着对珍珠泉的赞叹之情。

珍珠泉不负天下人对它的激赏，无论是帝王官宦、雅人韵士，还是平民百姓。凡凭栏观去，占地一千二百多平方米的泉池内，泉眼密布，泉水清澈见底，但见点点泉眼从沙砾涌出，呈银色水泡自两米深水下晃晃悠悠翻涌而上，水泡相连如串串珍珠，升至水面后怦然绽开，朵朵水花四散，划出一圈圈涟漪。在日光相映之下，颗颗珠串闪烁着光亮，真乃奇特而曼妙的人间美景。

以珍珠泉为核心的珍珠泉群是济南四大泉群之一，向来博得历代文人墨客题咏。古人或借景抒情，喻义精妙；或托物论事，暗含哲理，皆充满挚热之情。如金代诗人雷渊的《济南珍珠泉》一诗："大地万宝藏，玄冥不敢私。抉开清玉罅，浑浑流珠玑……贪夫死专利，帝意怜其痴。故露连城珍，可玩不可几。"借对珍珠泉的喜爱之情，告诫人们，天下宝物只可珍爱，不可归为己有，更不可损人利己，中饱私囊。明代历城人边贡把珍珠泉描绘得极富想象力和意境："曲池泉上远通湖，百丈珠帘水面铺。"清代文学家蒲松龄借景生情："稷下湖山冠齐鲁，官僚胜地有佳名。玉轮滚滚无时已，珠颗涓涓尽日生。"述说自己在心情苦闷时，是珍珠泉的美景让他消去烦恼，精神得到慰藉。

从古到今，珍珠泉的绮丽美姿总是令人充满遐想。

3. 黑虎泉

缘何名"黑虎"

在济南老城区东南角与解放阁隔河相望有一处名泉，叫黑虎泉。泉源以北的泉池南池壁上有三只石雕兽头，怒张的兽口一刻不停地喷吐着泉水，如瀑似练，直泄池中，激起池面三注硕大水花。有人认为，黑虎泉得名，是因这三只似虎的兽头，实则恰恰相反，兽头是后来人附加上的。金元时期，黑虎泉一带是片城郊荒凉地。黑虎泉泉源藏于陡壁下深邃的洞穴里。洞口昏暗，四周怪石嶙峋，远远望去，形似吊睛猛虎吼天；泉水

黑虎泉

激石，洞内回声激荡，尤其是夜黑风高时，朔风灌入洞穴缝隙发出虎啸般声响，故得名"黑虎泉"。黑虎泉泉名始见于金代《名泉碑》。那么，该泉得名，到底是因为洞穴口巨石形同卧虎，还是泉水喷吐时声若虎啸呢？

明代诗人晏璧写的《黑虎泉》，对该泉作出了最为形象传神的概说："石磻水府色苍苍，深处浑如黑虎藏。半夜朔风吹石裂，一声清啸月无光。"另一位明代诗人刘敕的《咏黑虎泉》，写得生动贴切："悬崖之下碧潭深，潭上悬崖欲几寻。石激湍声成虎吼，泉喷清响作龙吟。"从两首诗"一声清啸月无光"和"石激湍声成虎吼"的诗句中可以看出，黑虎泉的主要特征来自"声"貌。刘敕还在他撰写的《历乘》中，对黑虎泉作了细腻精妙的描写："池中屹然一巨石，水石相击，珠进玉碎，萦回作态，其声如昆阳、巨鹿之战，万人鸣鼓，瓦缶相应，以浮白酬之。坐十丈外，泉蒙蒙洒，人不寒而栗。"不难看出，这段文字也是突显了泉的"声"响。由此可见，黑虎泉得名，是立足于虎的视觉意象，而着重突出了虎的听觉意象！

仅有洞穴的黑虎泉，何时在其北面筑池并暗道引泉水至兽口喷出？尚无据可考。然而，由刘鹗的《老残游记》可以得知，晚清时，黑虎泉已有泉池和石雕兽头一只，如文："从那老虎口中喷出一股泉来，力量很大，从池子这边直冲到池子那面，然后转到西边，流入城河去了。"文中看出，刘鹗将喷水的兽头认定为"老虎"，对此，历来存有争议。而认为兽头为神话传说中龙的九子之一"趴蟆"（bāxià）的说法显得更为合理。一是石雕兽头造型与老虎特征不符。老虎的额"王"纹和如匕利齿的典型特征，石雕均未体现。二是趴蝮性喜水，常栖水边。石雕扁平脑袋上凸出的眼球，头顶的两只犄角、三角状的纹饰，大有"龙头"、"龙角"、"龙鬣"（龙颈上的长毛）的样子。

那么，黑虎泉泉池池壁上的兽头何时由一只增至三只？据载，民国时期，为疏浚源泉、增加水量，山东省政府决定整饬黑虎泉泉池。1931 年 8 月 3 日治理工程开工，10 月中旬完工。主体工程是扩大泉池并深挖 1.2 米，四周砌以石壁及短墙，北墙留出水口，南墙增加"石镌虎口"两个。由此可见，黑虎泉泉池呈现三只兽头，距今也就九十多年。

如今，黑虎泉早已不是古时的阴森苍凉，而是泉畔树木葱翠，环境清幽可心，河岸杨柳依依，景色秀丽宜人。政府下气力疏通河道，整修河岸，堆叠假山，栽种花木，着力将其打造成江南滨河水景园。20 世纪 90 年代初，黑虎泉又锦上添花，在泉源东侧增设雕塑，一铜一石两只巨虎，闲庭信步，虎虎生威，古泉新貌，煞是引人。

不得不提的是，黑虎泉畔还有个独特的景观，那就是"泉边打水"场景。因黑虎泉水质优良，每天清晨，市民们带着水壶、水桶络绎不绝远近而来，泉边汲水时发出的咕噜声，伴着瓶瓶罐罐碰撞出的叮当声，显得那么悦耳动听，是这座古老泉城特有的风景。世界上有泉水的城市不少，而在繁华闹市区里泉群如此密集、水质如此优良且能为一城百姓所共享的，只有济南。

黑虎泉周边尚有琵琶泉、白石泉、玛瑙泉、九女泉、五莲泉等十六处名泉，荟萃组成黑虎泉群。汩汩泉水喷涌不息，美化了泉城，滋养着万家。

4. 五龙潭

一夕化为渊

济南城区内多有泉，而在老城西门外独有一处潭。水深之池叫作"潭"。这方济南诸泉中水最深的潭，苍幽清阔、碧绿沉静，底部多点冒水，经年不息，给人一种神秘之感。相传，古时候逢干旱无雨、失润物槁之时，民众便会来此搅潭祈雨，每次都能灵验，天降甘霖，令人喜出望外。"莫非潭渊里藏着神龙？"于是，元代初年，有人发起在潭边建起庙宇，庙里塑了五方龙神，此潭得名：五龙潭。

五龙潭的名气甚大，不仅在于它是七十二名泉之一，还在于与济南一位名士有关，这人就是唐朝开国大将秦琼。

秦琼（约571—638），字叔宝，历城人。青年时期的秦琼崇尚侠义，勇武过人，在历城县衙当捕快时，除暴安良，令百姓称快。隋末农民起义中投奔李渊，并成为秦王李世民的手下干将。此后跟随李世民征战南北，出生入死，驰马挺枪，威震一方，为灭隋兴唐立下赫赫战功。因军功卓著，官至左武卫大将军、翼国公等。

百姓感念这位英勇善战的"山东第一好汉"，有关他的传奇人生也被演义成说唱段子、民间故事。如是，秦琼发达显贵后，在五龙潭一带建了一所气派的府第。遗憾的是，戎马倥偬、血洒疆场的他，身上落下不少重伤，没在家府住上几年便病故

秦琼祠

了。秦琼逝后有天夜里，耿直率真的秦琼之子在府里痛斥当政荒废朝政、民不聊生，被小人告发，唐玄宗大怒，责令缉拿秦子并抄没秦府。待官兵即将抵达秦府时，一道刺眼闪电划破夜空，随之风雨交加，忽闻轰隆一声炸响，似有五条金龙闪现空中，旋即秦府塌陷，渗坑里大水涌出，形成五龙潭。从此，秦府被一池潭水取代。

先莫论五龙潭为秦琼故居是真是假，这个故居化潭的说法却有记载。它最早见于元代政治家、文学家张养浩的《复龙祥观施田记》，文曰："闻故老言，此唐胡国公秦琼第遗址，一夕雷雨，溃而为渊。"说的是，听老人说，秦琼的府第因一夜雷鸣暴雨，随之成为深潭了。清代著名学者桂馥在其《潭西精舍记》中写道："历城西门外唐翼国公故宅，一夕化为渊，即五龙潭也。"尽管这两位名家对秦琼故宅沉陷为潭均有记述，但因"一夕化为渊"而形成的五龙潭，的确是个子虚乌有的辗转复述。

1995 年在济南市经七路小纬六路建筑工地，发现了一座石室墓葬，从其墓志铭中得知，墓主人名为秦爱，字季养，正是秦琼的父亲。铭文载，秦爱 614 年卒于济南怀智里（今经七路小纬六路一带）的家里，终年六十九岁。由此可见，传说秦琼故宅在五龙潭处，实为无稽之谈。然而，五龙潭坍塌倒确有其事，这是由于此处特殊的地质状况所致。石灰岩长期被地下水溶蚀，形成渐渐增大的溶洞，再加上上层重力作用，黏土层塌陷，形成了潭渊。

那么，何以产生秦琼故宅位于五龙潭的故事呢？据郦道元《水经注》记载，北魏以前就有五龙潭这片水域，当时为大明湖的一部分。历尽千百年沧桑巨变，到元代，这片水域缩小成一方水潭。光阴流转，秦家家道中落，其后代打算卖掉老宅，但人们看到秦府门前立有一块"唐左武卫大将军胡国公秦叔宝之故宅"的石碑，皆畏惧不敢买。后来秦家后代只好把石碑移至五龙潭北部，天长日久，人们误以为这里就是秦琼府了。如今，这块石碑搬到五龙潭公园的秦琼祠内了。

今天的五龙潭公园，柳丝垂波，鸟语啁啾，锦鱼嬉戏，景色迷人，园内散布点缀着形态各异的名泉二十七处，构成五龙潭泉群，乃济南四大泉群中地势最低、水质最好的泉群。每当夏秋水旺季节，徜徉景区内，不仅可以领略仙境般美景，还能亲水、戏水，尽享"清泉石上流"的别样乐趣。

5. 百脉泉

西有趵突东有百脉

百脉泉为济南七十二名泉之一,居章丘诸泉之首,历史上与济南趵突泉齐名,号称"西有趵突,东有百脉"。

百脉泉得名,可从《水经注》中找到答案:"右纳百脉水,水出土鼓县故城西,水源方百步,百泉俱出,故谓之百脉水。"在方圆百余步里,能有百个泉眼竞相出水,该是何等少见、何等壮观啊!但见池底涌出数不清的水泡,状若颗颗贯珠,势如百脉升腾。百脉泉为何久负盛名?且看元代于钦在其《齐乘》中所论:"盖历下众泉,皆岱阴伏流所发,西则趵突为魁,东

百脉泉畔的保泉碑

103

则百脉为冠，地势使然。"于钦将百脉泉与天下第一泉趵突泉相提，并以"魁""冠"之辞并论，可见百脉泉在济南泉水中的至高地位，无怪今人喜欢把趵突泉、百脉泉放在一起形容它的美感。如果把趵突泉喻为济南泉水阳刚之美的代表，那么，百脉泉则是阴柔之美的象征。两泉于济南，位在一西一东，美在一动一静，遥相呼应，相映生辉，逸趣横生。

来到百脉泉公园的游人，往往被泉水的美深深吸引，却忽略了百脉泉旁的《保泉告示碑》。一百五十多年前所立的这座石碑背后，有着非同寻常的故事。

章丘素有"小泉城"之称，但历史上曾出现多次泉池干涸现象。造成泉水断流，除遇干旱之年，还有一个重要原因，就是有人为谋取暴利，无视律例，私自开凿煤井，阻断了泉脉。生活在百脉泉畔的百姓，世代与泉伴生，对泉有着深厚感情，甚至视泉水如命，人们岂能容忍人为隔断水源情况的屡屡发生。于是，明水镇的社会贤达、爱泉人士多次组织商议、撰写状子，几次呈报县衙，皆因县太爷离任或衙内无人办案而搁置。

正当大家一筹莫展之际，章丘迎来了一位新县令——全士锜。

全士锜是河北人，同治十年（1871），出任章丘知县。其间，他刚正不阿，不畏权贵，秉公奉法，断案快捷，责严纪明，县境一派安定。全士锜到任后，立即关注到了百脉泉问题，他多次现场查看、了解社情民意，断定事态严重，遂下令："为护泉脉，关停、回填煤井"，并速于翌年三月在百脉泉边立下《保泉告示碑》。碑文字数不多，却记载详尽。有对泉域保护范围的划定和保泉意义的阐明，有对私自开采有损泉脉之徒的痛恨和违者必究、绝不姑息的警示，还有仰民知悉、谨遵毋违的嘱托。末尾署名：明水镇高天秩、王其真、高朝成等二十七人。这份沉甸甸的联名碑文，无不体现了民众热爱家乡、守护家园的拳拳之心以及爱泉、保泉、护泉的殷殷之情。

如今，人们将这通已残断的《保泉告示碑》原碑，用玻璃罩封闭起来，置于百脉泉边，供游人观瞻。朗朗青天下，它更像一面历史的铜镜，不仅是对先民们保泉意识和护泉使命的镜鉴，是对折泉毁脉者的严正警告，更是对今人关注生态、护佑环境，守护好珍贵泉脉的呼唤！

6. 马跑泉

关胜战马刨泉的传说

马跑泉位于趵突泉公园内东北部，金《名泉碑》有著录。马跑泉的得名，源于一个动人的传说。

南宋建炎三年（1129），金兵再度南侵，围攻济南。济南守城大将关胜，屡次率兵征战，擅用大刀的他威猛勇武，连连击退金兵。金军遂派奸细入城，给时任济南知府的刘豫送重金，引诱他投降。刘豫本无气节，又见金军围困城下，心惊胆战，就满口答应了。刘豫知道，想要献城投降，最大的障碍就是力主抗金的关胜。因而刘豫就设计陷害关胜。他故意命令关胜出城应战，激战多个回合后，关胜部队人困马乏，欲收兵返城休整。不料，刘豫下令关闭西城门，还向关胜放箭。关胜猝不及防，身中数箭，一只眼也被射瞎。他强忍胸中怒火与剧烈疼痛，一边大骂刘豫，一边猛力拔出身上的箭，舞刀回身，杀向金兵，最终壮烈牺牲。关胜的战马见主人死去，怒嘶悲号，愤而疾蹄刨地，竟然在地面扒出一个大坑，坑里涌出一股泉水，人们为纪念关胜这位爱国将领和他的战马，将其称作"马刨泉"，"刨"音同"跑"，后来逐渐传为"马跑泉"。

人们又在该泉北面，也就是济南老城内的西南门——坤顺门外修建了一座"关王庙"，以纪念关胜，后被拆除。

时隔千年，马跑泉淙淙泉水仍日日夜夜为这位英雄唱着颂歌。正如著名学者徐北文赋诗咏颂道："刨地出泉烈士马，当年碧血漾清波。淙淙千古一溪水，犹唱将军爱国歌。"

7. 洪范池

戏掷一钱似浮金

洪范池位于平阴县西南方，属济南西部最有名气的泉。洪范一名，源自《尚书·洪范》："洪，大也。范，法也。"远古之时，此地群山叠嶂，沟深壑巨，泉溢水涌如洪，水患频发，令百姓苦不堪言，人们便沿用古人治水之法，疏浚泉流，消除水患，以砖瓦砌池壁，遂取"洪水就范"之意，定名泉池为洪范池。

据清道光十八年（1838）《重修洪范池碑记》载："金完颜时，龙池呈正方形，四周石砌。边长各七米，水深约六米，清澈见底。"如今人们看到的洪范池，除水的深度略减一米余，其他与建池时的样貌相差无几，时隔八九百年，依然保持着原汁原味的古泉风韵。

明嘉靖年间，平阴名人、"明朝八进士"之一何海晏返乡，但见洪范池水之深、清之澈，便掏出铜钱戏掷于池中，铜钱稳浮水面迟迟不坠，日光照射下，金光闪烁耀眼。惊叹、欣喜之余，何进士作诗一首《洪范浮金》："方池十丈水之浔，洪范锡名称到今。戏掷一钱清澈底，随波荡漾似浮金。"清道光《东阿县志》也记载："游人掷钱其中，飘摇旋转不能遽下，盖泉上出之气盛矣。"是说，游人投掷钱币于池中，钱币飘摇悬浮水面不会下沉，阳光照耀下金光闪闪，呈现出"浮光耀金"之奇观。之所以呈现出这一奇特现象，是因池底密密麻麻布满三十多个泉眼。一刻不停喷涌又均匀分布的泉眼，不仅产生着强大的水面浮力，还构成平稳如镜的水面。这一著名的"洪范浮金"景观，被誉为东阿古八景之一。

洪范池还有一个大气的名字，叫"龙池"。传说，龙池得名于每次百姓祈神降雨，皆能有求必应。对此，《东阿县志》有详载："水从龙口喷出，引之绕池，可以流觞。凡祷雨辄应，谓之

洪范池

'龙池'"。

近观泉池，可看到洪范池南侧池壁上探出一青石雕刻的龙头，水自龙口涌出，水大，则若喷珠泻玉；水弱，活似龙嘴垂涎。龙头正上方镌有醒目"龙池"二字，为清代贡生秦维翰书丹。沾上"龙"气的洪范池，自然少不了以"龙"命名的物什，如池北有金代所建的"龙祠"，祠西还有虬盘叶茂的"龙柏"。

洪范池周边还有东流泉、扈泉、日月泉等十五处名泉，共同组成洪范池泉群，名列济南十大泉群之一。诸泉或涓涓澄莹，或奔腾跳跃，情态迥异、各具风采，为平阴赢得了"齐鲁泉乡"的美名。

（二）明湖风采

1. 历下亭

杜甫留下千古名唱

历下亭，济南古亭，因杜甫在此用宴并写下一首诗，而名扬天下。

历下亭历史上数易其位，但无论怎样变迁，位置始终没离开大明湖。

北魏时期，大明湖水域很大，与今五龙潭连在一起，历下亭（亦称古历亭）就建在五龙潭附近。北魏郦道元《水经注》

载："其水北为大明湖，西即大明寺，寺东北两面侧湖，此水便成净池也。池上有客亭"。文中提到的"净池"，即当时大明湖西隅的五龙潭；"客亭"，则是官府专为接待客人所建的迎宾场所，唐初改称"历下亭"。

唐天宝四年（745），诗人杜甫前往临邑看望做主簿的弟弟杜颖，路过济南时，其忘年交、北海太守李邕连忙从青州赶来，并令其孙在历下亭宴请杜甫及几位济南名士。置身具有两三百年历史的名亭之上，又与书法名家李邕把酒言欢，杜甫甚是兴奋，席间即兴赋诗《陪李北海宴历下亭》。名人名诗一出，遂使历下亭增光生辉、声名远播，特别是杜甫感慨山东历下亭古远，济南名人雅士多的雅联——"海右此亭古，济南名士多。"如神来之笔，精彩凝练地概括出济南历史文化名城的深厚底蕴和人文积淀，成为从古到今济南引以为自豪的重要文化标志。

至唐代末年，历下亭年久失修近于倾圮。北宋，曾巩来济南任齐州知州，重建了历下亭，位置设在大明湖南岸靠近官衙后面地势较高的地方。端庄挺拔又内涵丰富的历下亭，于元代以"历下秋风"为名，被评为济南古八景之一。金末战乱，历下亭化为废墟。尽管元代历下亭屡废屡建，但饱经磨难的历下亭，还是没躲过济南贡院扩建"拓占湖地"的一劫。明清时期，济南科举考生日益增多，原贡院乡试号舍难以容纳，亟待扩建，不得已将大明湖南侧部分水面填埋，历下亭被彻底拆除。

清康熙三十二年（1693），山东盐运使官李兴祖，不忍看到千年古亭、历下奇观就此消亡，遂从一艾姓乡绅手中买下大明湖最大的湖心岛产权，与山东按察使喻成龙不谋而合，筹建

历下亭

历下亭。新亭建成后，规模之大、形制之美远远超过旧亭。喻、李二人邀请的首位嘉宾是文采过人的蒲松龄。身临如此宏大气派的历下亭，蒲松龄诗兴大发，一首七言律诗《重建历下亭》跃然而现："大雅不随芳草没，新亭仍傍碧流开。雨余水涨双堤远，风起荷香四面来。"赞美之情溢于言表。

又过了一百六十多年，历下亭整体修葺，这次工程的亮点是，邀请到"天下第一书联圣手"何绍基，为历下亭题字。清咸丰九年（1859）六月，大明湖上不算大的湖心岛上群贤毕至，雅集赐墨，何绍基意态超然，挥毫题写"海右此亭古，济南名士多"。从此，这一千古楹联绝唱，永久地留在了历下亭大红立柱上。

曾有人说，大明湖是镶嵌在济南的一块翡翠，历下亭湖心岛是大明湖上的一颗明珠。今日，隔水远眺，"宛在水中央"的湖心岛，绿柳掩映，亭阁林立，倒影婆娑，烟波朦胧；登岛近观，历下亭八角重檐飞翘，红柱斗拱青瓦，攒尖圆珠宝顶，亭脊饰以吻兽，二层檐下悬有乾隆皇帝御书的"历下亭"金字巨匾，亭周边人文古迹御碑名联密集，宏伟典雅，蔚为大观，不愧为古代文人骚客游赏、现代旅者"打卡"之圣地。

2. 超然楼

江北第一楼

　　来济南，不可不游大明湖；游大明湖，不可不观超然楼。

　　超然楼建自何时，是何人所建？据清乾隆《历城县志》记载："超然楼，在水面亭后，元学士李洞建。"李洞，字溉之，是"祖籍山东滕州的济南人"，元代优秀文学家、知名书法家。早年的他，既属天赋异禀、博闻强记、奇思纵横、文臻笔妙的大才子，又是面如冰玉、清雅俊秀、峨冠褒衣、仙风飘逸的美男子。才华横溢的李洞被伯乐举荐后，稳稳地入朝做了官。元天历初年（1328），因"见奏对称"得到文宗皇帝的赏识，破格晋升为翰林直学士，不久又被特授予奎章阁承制学士。朝中

超然楼

每有重要廷议，定会通知李泂到场。文宗帝还钦点文学大家虞集专为李泂量身定制一篇记事文章《天心水面亭记》。可见李泂当时的威武之气。

至顺三年（1332），李泂告官归乡，回到济南大明湖畔的家中。李泂的这处别业，亭台楼阁，雅致天然，与明湖风光相映成趣，有天心水面亭、萧闲堂，还有著名的超然楼。楼在水面亭南，为彰明其寄情山水、超脱尘世之思，表达静中体道、乐天知命的精神追求，便效仿苏轼、苏辙兄弟二人打造"超然台"一事，取名"超然楼"。超然楼规模如何，明代济南历城人刘敕在其《历乘》中留下美言："楼头一望，十里湖光，尽在其中，真一大观也。"

李泂在这里邀集文人雅士宴集题咏、曲水流觞，大大提升了超然楼、天心水面亭的知名度。半个世纪之后，即元末明初，建筑物年久失修，自然损毁塌圮严重，整座楼只剩下残存遗址。

明代，对超然楼进行了大规模修复重建。复生的超然楼再现往日神采，引来众多诗人吟咏，其中，代表性诗篇是崇祯年间济南诗人杨衍嗣的《超然楼》，诗曰："近水亭台草木欣，朱楼百尺会波濆。窗含东海蓬瀛雨，槛俯南山岱岳云。柳色荷香尊外度，菱歌渔唱座中闻。七桥烟月谁收却？散入明湖已十分。"且看，作者置身楼中，忽而移步近观远眺，感叹周边欣欣向荣与自然气象的壮美。超然楼屹立于泉城湖光山色中，直至明末崇祯年间。

明崇祯十二年（1639）正月，数万清军围攻济南，不日，济南城陷，人员伤亡和城建毁坏十分惨重，超然楼毁于一旦，荡然无存。

直到清初，曾有济南士绅出资在湖边建有亭、楼，名称亦照旧，但其规模、形制远逊于元、明时期的超然楼。

2008 年 8 月，济南重建超然楼。现在我们看到的仿古建筑超然楼，外观精美、壮阔挺拔、气势宏伟。整体楼高 7 层，达 51.7 米，登高望远，湖色山光尽收眼底，令人心旷神怡。2021 年，超然楼被列入"中国历史文化名楼"。这座名楼走过历史的沧桑风雨，承载着古城的绵绵记忆，今天更加光彩夺目，熠熠生辉!

3. 碧筒饮
郑悫创出的饮酒法

魏晋时期，齐州（今济南市）刺史郑公悫，原创了风雅宴饮法——碧筒饮。

唐代小说家段成式，在其《酉阳杂俎》里，详细记载了碧筒饮的由来和操作规程："历城北有使君林，魏正始终，郑公悫三伏之际，每率宾僚避暑于此。取大荷叶置砚格上，盛酒二升，以簪刺叶，令与柄通，曲茎上轮菌如象鼻，传吸之，名为碧筒饮。"说的是，一千五百多年前的北魏正始年间，在济南北郊有一处绿树成荫、泉溪潺潺的园林别墅——使君林。每逢盛夏三伏，池塘荷叶田田，风流儒雅的齐州刺史郑公悫，会约上宾朋幕僚，到这片清凉泽国避暑纳凉，一边游玩，一边享用碧筒饮。所谓碧筒饮，就是现场采摘鲜嫩滴翠连秆带叶的大荷叶，把荷叶卷拢如盏，盛入酒，再用簪子将叶芯戳破，使其与茎秆相通，茎秆弯曲得如同大象的鼻子，这个曲度，正好适宜人们从茎秆中吸出酒水。

骄阳似火、蝉鸣聒噪的大热天里，来上个"碧筒饮"，吮吸的一瞬间，带有淡淡莲荷清香的美酒，会顺着喉咙直抵心脾，让人顿生清凉，神清气爽。按照段成式的描述，用了碧筒饮的感受是"酒味杂莲气，香冷胜于水"，着实令人如痴如醉、回味无穷。

一千多年前发明碧筒饮的济南先贤，该是多么有想象力和创造力啊！如此用杯饮酒，不仅创意新奇，赏心悦目，而且还是食疗良方，可以保健养生。用济南泉水滋养的鲜荷做饮具，充分发挥了荷叶滋阴凉血、消暑祛湿、排毒抑菌的药用价值。佳酿与莲液融合，让酒浆变得绵柔清冽，唇齿留香，爽口宜人。宋代诗人苏轼的诗句"碧筒时作象鼻弯，白酒微带荷心苦"以及清初济南诗人钟辕的"夜凉倾白酒，带苦吸荷筒"都提到"苦"字，道明多服"碧筒饮"，契合传统中医"夏多苦"的养生观点。无怪，碧筒饮一经出现，备受文人雅士们的青睐和推崇，成为济南一项别有韵致、风流清雅的饮酒习俗。无论是于明湖画舫上迎接宾朋，还是在私家园林里觥筹交错；无论是于珍珠泉边宴待嘉宾，还是在泺源书院师徒消夜，但凡有莲池的地方，只要是荷枝绽放，就会有碧筒饮闪亮登场。后来，碧筒饮传到民间，蔚然成风，让衍生于荷、巧妙用荷的碧筒饮，成为体现济南泉文化、荷文化的一项深受大众喜爱的消夏民俗活动，在济南人的文化生活中占有重要位置。

很快，碧筒饮就由首创地济南传播开来、传遍全国，得到人们普遍喜爱。碧筒饮浪漫而高雅，彰显着济南深厚的文化底蕴，千年风雅，代代流芳！

4. 曲水流觞
诗酒唱酬一雅事

曲水流觞是西周初年我国汉民族兴起的一种传统习俗。两汉时期，以"畔浴"为主要内容的古老"上巳节"已成雏形。魏晋后，该节日活动规模不断拓展，随之派生出一个重要项目——曲水流觞，并将节日规定于农历三月初三举行。每年这一天，士大夫们结伴去水边濯洗去垢，完成消除不祥的被褉仪式后，便来到环溪水畔，围坐下来，静待顺流而下盛满美酒的酒杯。酒杯停在谁面前，谁就取杯饮酒且吟诗一首。这一兼具游春、祛灾、祈福，以及邻水、宴饮、娱乐多元一体的活动，颇得人们喜爱，逐步演变成文人诗酒唱酬的一种雅事。

济南乃天下泉城、山水之城，最不缺的自然资源就是潺潺溪水、淙淙流水，再加自古以来这方风雅之地名士荟萃、骚客云集，自然是最宜生发曲水流觞的事迹。最早记载济南这一活动的，是北魏地理学家郦道元，他在《水经注》有曰："历祠泉下，泉源竞发，其水北流，径历城东，又北，引水为流杯池，州僚宾燕，公私多萃其上。"南北朝时期，今王府池子，原本是一处举办公私宴饮绝好的曲水流觞处，于是，被士大夫们称作了"流杯池"。源于古历水的流杯池，池水北流，又蜿蜒向东入曲水河，河两岸绿树垂柳，石砌点缀，花木错落，嫣然一副清新雅致的山水泉林景象。

唐宋之后，流杯池附近逐渐建起房屋院落，导致流杯池水面逐渐缩小，元明时期，又被王府占用。曲水流觞之处逐渐南移，至曲水河一带。因曲水流觞而赚足盛名的曲水亭街承载着这一风雅韵事，已成为济南一条闻名中外的历史文化特色老街。

时光流转，虽然这一习俗在时间、地点、主题等方面有所改变，却没影响它的传递和延续，直至流行于清代。随着流杯池修禊功能的消退，趵突泉、珍珠泉、大明湖、五龙潭、贤清园等园区渐渐取代流杯池，成为济南曲水流觞活动的新场地。

清康熙年间，山东学政劳之辨官复原职后感慨万千，不顾古稀年事已高，邀请一众好友，在趵突泉举行了一场别开生面的诗酒宴。劳之辨欣然题诗："曲池问流觞，擎荷当飞盖。邀我素心人，眼前得数辈。"在记录曲水流觞热闹场面之时，不忘抒发时光易老、岁月不再的人生感慨。

乾隆五十四年（1789）秋，著名学者桂馥中得举人后，与友人在五龙潭处营建潭西精舍，常有文士名流到此宴游唱酬。几年后，桂馥远宦云南，诸位好友在五龙潭旁举办了场曲水流觞告别宴，陈秉灼作诗句："论交好在任天真，筑室潭西去住频。华径流觞春水漫，石床题字墨痕新。"表达了对志趣相投、几度超逸流觞的交好就要相隔一方的牵挂之情。

曲水流觞，千年不衰，蕴藉着泉城济南的风流潇洒，展示着这座古城的文化风韵。

（三）名山探幽

1. 千佛山

隋文帝造像为哪般

千佛山，古时称历山，相传上古时期的舜帝为民时，曾在山下开荒种田，周朝开始又被称为舜山、舜耕山。隋朝开皇年间，山东境内佛教盛行，佛教徒利用山岩镌刻很多佛像，并在山腰处修建了"千佛寺"，于是这里就成了香火胜地，也就是从那时起，"千佛山"这个名称便广为流传了。隋朝时为何要在千佛山上造这么多佛像呢？

汉朝，佛教由印度传入中国，隋唐时期得到空前发展。隋文帝杨坚统一全国后，一改北周武帝的灭佛政策，大力恢复被损毁的佛寺和佛像。隋文帝兴办佛事，除了将佛教作为统治人民思想的政治工具，还有个重要原因，就是为了纪念他的母亲。

杨坚的父亲杨忠，青年时期因战乱流落山东，与济南历城平民之女吕苦桃成婚。西魏年间，杨忠任征西将军领兵征战，便把吕氏寄居在陕西一家佛寺中，在这里生下儿子杨坚，杨坚自幼被尼姑养大，十三岁才离寺还家。吕氏一面持家、一面向佛，一生养育三男二女，终因过度劳碌生病卧床，长子杨坚昼夜不离侍疾三年，留下了孝子的美名。可惜，吕氏没能等到儿子称帝的那天便撒手人寰。杨坚称帝后，屡次梦见自己母亲，为给亡母祈福，感念佛佑之恩，便让母亲家乡济南广造佛像、建立庙宇、大兴佛事。

开皇年间，开始在千佛山崖壁上依山势凿窟，大量雕刻造像，其中南崖下极乐洞中的佛像最为宏伟、精湛，洞内有佛像二十余尊，正面石壁上刻有西方三圣，中间阿弥陀佛像高 3 米，跏趺而坐，左右侍立观世音、大势至二大士像，各高 2.5 米，三圣佛神态安详自如，雕工精细，线条优美，是隋代石刻精品。山腰处修建的"千佛寺"，到唐代改称兴国禅寺，由于空间较小，形成摩崖造像与佛教寺庙同处一个空间的景象，这在国内实属罕见。游人驻足古朴优雅、苍松翠柏的千佛山，既能欣赏到天然峭壁上密布的隋代石窟造像艺术，又能一览雄奇肃穆的寺庙景观，不可不为之独特的怀古幽思，击节叹赏。

千佛山西路盘山道半腰，还有一处名景——"齐烟九点坊"。这是一座红柱飞檐单间牌坊，匾额书"齐烟九点"四个字，是清代道光二十五年（1845），历城县令叶圭书的墨迹。该词语借用的是唐代诗人李贺《梦天》中的名句："遥望齐州九点烟，一泓海水杯中泻。"然而，李贺诗中的"齐州"，指的是"中州"，代指中国，原句意思是说，远望中国疆域的九州，就像九点烟尘。北宋时期，济南地区亦称"齐州"，城北部恰好也有九座以上孤立的山头，将李贺诗中的"齐州九点烟"用在此处，可真是一种巧妙的"移花接木"啊！站在千佛山往北看到的九座山是：卧牛山、华山、凤凰山、标山、鹊山、匡山、北马鞍山、药山和粟山，它们像洒落在黄河两岸的宝石，绿色苍茫、雾气烟岚，秀美中带有几分神秘，十分壮观。牌坊的背面匾额为"仰观俯察"四字，摘用的是东晋书法家王羲之《兰亭序》中"仰观宇宙之大，俯察品类之盛"句中之词。人们来到这里，仰观俯察山上山下风光，皆可得趣。逢济南最美的秋季，于千佛山登高远眺，层林尽染、明湖如镜、黄河如带、齐烟九点……美景悉数尽收眼底，那情境，让人心醉神迷！

近年来，济南市将千佛山定位为泉城绿肺和城市阳台，一方面大力植树造林，让绿色森林覆盖整个山体；一方面倾心打造属于百姓的山，将良好生态环境化作最普惠的民生福祉。经久不衰的千佛山庙会、九月九登高等习俗，可见一斑。如今，千佛山成为深受大众喜爱的踏青秋游、纳祥祈福的好去处。

2. 华山

一战成名华不注

华山，原称华不注山，是"齐烟九点"中最高山峰。北魏郦道元《水经注》记载："济水又东北，华不注山，单椒秀泽，不连丘陵以自高；虎牙桀立，孤峰特拔以刺天。青崖翠发，望同点黛。"生动逼真地勾勒出华不注山的风貌与神韵。它的胜景受到历代文人雅士的歌咏称颂，唐代李白、杜甫，宋代曾巩，元代张养浩等许多古代大诗人皆有咏赞诗句，元代著名画家赵孟頫还留下传世名画《鹊华秋色》图。

华不注堪称济南第一历史文化名山，是济南地区最早见诸史书的古山。《左传》记载的春秋时期著名战役——"鞌之战"，主战场就在这里。

齐顷公十年（前589）春，齐国连续用兵鲁国、卫国，两国只好去向晋国求救。晋景公遂派郤克为统帅，联合鲁、卫两国，大举伐齐。六月十六日，两军列阵于鞌（今济南市西北郊北马鞍山下）。刚刚打了胜仗的齐顷公有些得意忘形、盲目轻敌，当天清晨，齐顷公鄙夷地说："余姑翦灭此而朝食。"意思是消灭了晋军再吃早饭。扬言过后，不等给战马披上铠甲，就驱车带头冲向晋军。承担保驾任务的齐国大夫逄丑父，始终不离齐顷公左右。此时，晋军郤克在战车上击鼓催兵正酣，突然身中一箭，流血及履，只见他带伤击鼓，进军的战鼓声丝毫未减。晋军见主帅身负重伤仍冲锋在前，便士气大涨，同仇敌忾，直杀齐军。齐军大败溃退，晋军乘胜追击，齐军被迫向东逃至华不注，两方战车你追我赶，竟围着华不注山整整绕了三圈，史称"三周华不注"。

华不注山

追赶途中，逢丑父伺机与齐顷公互换了位置，假扮主公继续驱车奔驰，马车突然被树权绊住，任凭丑父使出浑身解数也动弹不得，眼看着晋军追了上来。逢丑父急中生智，用君主的口气令齐顷公到华泉取水，齐顷公离开后，乘机登上郑周父驾驶的副车逃脱。

晋军司马韩厥以为逢丑父就是齐顷公，将其押回军营。当郤克看到此人不是齐顷公后，顿时大怒，要杀掉逢丑父。逢大呼："杀了我，今后谁还甘愿为君主受难！"郤克想，他说的有道理，留着他今后可为侍君者立个榜样。于是释放了逢丑父。

齐晋鞌之战，齐国以惨败告终，虚骄气焰得到沉重打击，终结了称霸余绪。鞌之战让华不注山一战成名，也让历代咏赞华不注的诗文多了几分凭吊古战场、发思古之幽的情愫。如清初诗人符兆纶的《华不注》："山色愁凝碧，泉声咽泻蓝。三周怀往辙，跛者尔何堪。"这场战役中，智勇双全、孤忠凛凛的战将逢丑父深得后人的缅怀和敬仰，有关丑父的名篇佳作尚多，如清代诗人陈永修的《游华不注》："华泉一掬如昨，丑父孤忠凛然。齐晋三周战迹，春秋千载流传。"这为华不注增添了厚重的人文底蕴。

3. 五峰山

五仙女钟情的仙境

济南长清境内的五峰山有着一个美丽传说。传说玉皇大帝的五个女儿，偶然置身这方流云薄雾、钟灵毓秀、胜似仙境的地方，喜欢得怎也舍不得离去，只好甘愿化作迎仙峰、望仙峰、会仙峰、志仙峰、群仙峰五座圆顶山峰。从此，自西向东错列又依偎一起的五座山峰，永久落户下来，得名五峰山。五座仙峰在阳光、白云、青山、绿水长久滋养下，越发古幽秀丽，一举赢得"齐鲁仙境"美誉。

在历史上，五峰山曾经是道教十分兴盛的地方，道观规模非常宏大。西汉的汉武帝曾来五峰山封禅，并留有《汉武封禅记》碑，而现存于泰山岱庙的那块极为珍贵的秦丞相李斯小篆碑，最早也是在五峰山发现的。据《长清县志》记载，"五峰山道场兴于北魏，广扩于金元，繁荣于朱明，没落于明末清初。"这里，金代修建了洞真观，元代宫廷封道观为"护国神虚宫"。明万历皇帝赐名"隆寿宫"，敕建"保国隆寿宫石坊"，并颁发《道藏》经一部480函。至此，洞真观进入鼎盛时期，"楼殿岧崇，金碧辉荧"，成为江北最大的道教圣地之一。世人仰观五峰山，将其与泰山、灵岩并称为"鲁中三山"。

明德王朱见潾非常喜爱五峰山的盛景，在山南侧修建香火院"玄都观"，并在这里选址修建陵寝。后来，有六代德王，即德庄王、德懿王、德怀王、德慕王、德定王、德端王的墓皆坐落于此。这是目前所知规模最大、保存最为完整的明代亲王的家族墓地。

五峰山以"秀、幽、奇、古"四大特色著称。五峰山之"秀"，秀在泉水众多，有名的泉为清冷泉、七仙泉、七星泉、青龙泉、白虎泉等，山涧清泉激石叮咚，沟壑溪水低吟潺流。

五峰山之"幽"，幽在绿荫葱茏。满山遍野的松柏和数不胜数知名不知名的树种，把五峰山遮盖得严严实实，将这里的暑气压低了5℃—7℃，营造出一个清幽怡然、隔绝外界的天地。

五峰山之"奇"，奇在山奇、树奇、桥奇。山奇为：峰如横空出世，岗似大鹏展翅，山像卧龟引颈，崖若龙蛇腾跃。树奇是：石生树，树抱石，石衔树，树拱石，形奇状异，古树奇景遍及山野。桥奇乃："桥上水，水上桥""走桥不见桥""一步三孔桥"，桥桥皆美景。

五峰山之"古"，古在历史悠久。这里留存着秦代的名碑铭文，南北朝时期的佛造像，还有洞真观、玄都观等等，众多文物遗存。

五峰山优美的自然景观和悠久的历史文化融为一体，景景生辉，是寻幽访古的胜地。

五峰山洞真观

四

遗址密码

济南是国家级历史文化名城，地上地下文物资源十分丰富，悠久的历史，灿烂的文化，使其成为北方大地上的一颗璀璨明珠。早在九千年前的后李文化时期，我们的祖先就在这块美丽富饶的土地上繁衍生息，中华文化史在济南开篇。焦家遗址的发现，证明五千年前中华文明史的序幕已在这里徐徐拉开。九千年历史发展绵延至今，中间从未断缺，济南是一片适宜人类生存的绝佳沃土。悠久的历史也为济南留下众多的遗址胜迹，它们是济南历史发展的见证，承载着深厚的历史文化内涵。让我们揭开遗址神秘面纱，共同感悟济南的文明之光。

（一）遗址探秘

1.嬴城遗址

大秦帝国的族源地

秦朝是中国历史上第一个大一统的封建王朝，结束了春秋战国以来诸侯分裂割据的局面，建立了中央集权制度，奠定中国两千余年政治制度的基本格局。而对嬴秦文化的起源，学术界一直存在"秦出东夷"与"秦出西戎"两种截然不同的观点。随着考古成果与出土文献的不断丰富与综合研究，"秦出东夷"说得到强有力的支持，并明确指向济南莱芜的嬴城遗址。

《史记·秦本纪》开篇首先指出嬴秦的祖先是伯益，他辅助大禹治水、调驯鸟兽、垦田种稻有功，舜帝赐其封地于嬴。而对于嬴地的具体位置，后世的史籍记载不绝如缕。根据甲骨文及《左传》《礼记》《孟子》《战国策》等各类文献，嬴在嬴汶水流域，即今莱芜区羊里街道的嬴城遗址一带。这里就是伯益获封的嬴地，嬴姓即来源于嬴地。

伯益的子孙后来分封各处，以国为姓的有徐氏、郯氏、莒氏、终黎氏、运奄氏、菟裘氏、将梁氏、黄氏、江氏、修鱼氏、白冥氏、蜚廉氏、秦氏，称为嬴姓十四氏。商朝时，一支后裔担负起守卫边疆的责任，分散至西戎。周初，在商奄的蜚廉部族参与"三监之乱"失败，也被迁往西边的蛮族部落，称为"秦夷"。至周孝王时，居于犬丘的非子一支因为天子养马有功而得以迁秦邑（今甘肃天水），分封为诸侯，开启了嬴秦重振之路。

2011年，清华大学藏战国竹简清华简《系年》完成解读，其第三章记述了秦人起源：周成王时，追杀反周的商臣蜚廉于商奄，并将商奄之民迁移到甘肃朱圉山一带，成为西迁秦人的一部分。这与之前马王堆汉墓出土的帛书《战国纵横家书》中记载的"秦出商奄"正相吻合。而商奄所在何处，经过众多学者根据史籍记载、相关遗址遗迹、出土文物及当时的气象变化等综合研究考证，应在莱芜区在内的鲁中山区地带。

嬴城遗址位于嬴汶河上游的莱芜区羊里街道城子县村，东临嬴汶河，是一处龙山文化、岳石文化、商代、两周至秦汉时期五千余年衔接发展的古人类遗址，总面积约172公顷，现被村庄覆盖。其南、西两面与平地相连，东、北两面形成高台。原城有两重，有东、西、南、北四门，出土器物有石器、青铜器等。嬴城遗址及周边地区出土的诸多龙山文化至岳石文化时期的石器、陶器，与嬴秦祖先伯益所生活的时代一致。根据考古发现，有关专家认为嬴城遗址已成为区域文化的文明核心，应是当

嬴城遗址

时所谓的"都"。而嬴秦崛起地甘肃、陕西一带出土的秦人墓葬中，发现太阳、鸟图腾崇拜的东方文化因素，及器物中有"秦夷""戍秦人"的铭文，也进一步强化了"秦出东夷"的论断。

考古资料和文献记载充分确证，莱芜为嬴秦祖源地，这已得到史学界的共识。秦始皇统一天下施行郡县制，在遥远的东方，将原齐国的嬴邑以自己的"国姓"——嬴为名设置嬴县，不正是对自己祖根地的认可吗？

在人类发展漫长的历史进程中，不同地域、不同族群在不同时代条件下，形成了多种多样的文明形态，既相通相近，又彼此差异而多元。嬴秦文化是中华文化的源头之一，反映出中国东、西地区在历史发展中文化交流、文明互鉴及沟通融合的过程，体现了中华民族多元一体的发展历程。

2. 焦家遗址

发现"山东大汉"

焦家遗址位于济南市章丘区龙山街道办事处焦家村西，南距城子崖遗址约四公里，是一处大汶口文化遗存的典型代表，并有龙山文化、岳石文化和商代、汉代的遗存，文化发展底蕴极其深厚，是鲁北地区古代文明发展序列中前后相序、不可或缺的环节。特别是大汶口文化中晚期（距今约5500—4500年），是海岱地区史前社会复杂化进程中的关键时期。在外部，大汶口文化的势力开始向外强势扩张，聚落间激烈竞争人口、土地等自然资源；而内部，社会贫富分化速度加快、程度加剧，逐步形成早期权贵阶层，中心性地位的聚落开始出现。焦家遗址正处于这个关键时期节点上。

焦家遗址，于1987年考古调查时发现，2019年入选第八批全国重点文物保护单位，遗址总面积超过一百万平方米。2016年至今的考古发掘中，获得了丰富的大汶口文化中晚期关于聚落范围、布局、结构及内涵等方面的信息，包括夯土墙和壕沟、墓葬、房址和陶窑等，证明这里是一处大型大汶口文化中心性聚落，一个区域的政治、经济和文化中心，对揭示黄河流域古代社会的文明化进程等重大问题具有重大推动意义。

焦家遗址的壕沟平面近椭圆形，环壕以内有夯土墙，年代为距今五千年前后的大汶口文化晚期，是迄今海岱地区发现的年代最早的史前城址。焦家遗址已发掘的墓葬可分为大、中、小三种类型，大型墓葬面积可达8平方米，并有丰富多样的陪葬品，最小型的墓葬仅能容纳墓主。其中的M184墓葬，一棺一椁，随葬有象征权力的大型玉钺，其上有朱砂痕迹，是目前焦家遗址出土玉钺中最大的。而更为引人瞩目的是墓主近1.9米的身高，粗大的骨骼、伟岸的身形，是名副其实的"山东大汉"。其实，这只是骨架的高度，在他活着的时候，加上皮肤、脂肪和肌肉等组织，高度肯定超过了1.9米。类似高大身材的大墓在焦家遗址还不止一处，说明当时人们的食物来源非常丰富和稳定，身体素质也得到改善和提高。在考古发掘中，发现大量的猪、狗、鱼等动物骨骼以及黍、粟、大豆等植物遗存，展现了焦家先民在定居经济中的发达水平，特别是权贵阶层占有的物质资源更为优质。这大大颠覆了以往对远古时期人类身形矮小、体质瘦弱的认知，对重新认识古代人类体质发展提供了新的论证材料，意义匪浅。

焦家遗址发掘中还出土了大量纹饰繁复的彩陶、质地细密的白陶杯和黑陶高柄杯、精美的玉器，代表着当时高超的手工制造工艺水平。焦家遗址填补了鲁北地区大汶口文化中晚期居住形态研究的关键空白，为探究黄河下游地区古代社会的发展演变进程提供了珍贵的线索，也为以城子崖为代表的龙山文化找到源头，因而入选2022年全国"新时代百项考古新发现"，也是"中华文明探源工程"和"考古中国"项目的重点遗址。

2023年，焦家遗址的发掘仍在继续，主要目的是研究聚落结构和空间布局。作为黄河下游最早的史前城址，焦家遗址将为黄河文明早中期国家起源和发展提供有力实证。

3. 城子崖遗址

龙山文化的命名地

2021年10月18日，第三届中国考古学大会公布了"百年百大考古发现"，有着"中国考古圣地"之称的城子崖遗址毫无悬念地得以入选。因为此处不仅是中国首次发现的史前城址，也是中国现代考古学创立之初、背负民族复兴使命的重要考古实践，更是与安阳殷墟等齐名的、由中国学者独立发掘的古代遗址，在中国考古学史上占有十分重要的地位。

1928年3月，齐鲁大学助教吴金鼎和崔鸿泽，到章丘考察汉代重镇平陵古城。他们到达章丘龙山后继续向东往东平陵走去，在跨过与古城相距约两公里的武源河时，在河东岸见一条大沟，两壁峭立约丈余，劈开一处宽阔的台地，当地俗称城子崖。走在沟底，吴金鼎仔细观察两壁，土层中隐约露出大片灰土和部分陶片，阳光下，一条延续数米的古文化地层带清晰可见。因此行是为东平陵城而来，不便多加逗留观察，但这个现象却始终萦绕在他的心中。十几天之后，吴金鼎再度实地考察崖壁上的土层及其间的陶片、石块和骨器。并在之后的一年多时间里五次重返，尤其关注遗址里埋藏的大量薄胎而带黑色光泽的陶片，他称其为"油光黑陶片"。广袤田野究竟藏匿着怎样的文明呢？

1930年10月，吴金鼎邀请他在清华国学研究院的老师、"中国现代考古学之父"李济先生考察城子崖遗址。此后，史语所考古组对城子崖遗址进行了两次考古发掘，发现城垣遗迹中最有特点的出土物是黑陶。其中的黑陶杯黑如漆、明如镜、薄如纸、硬如瓷，掂之飘忽若无，敲击铮铮有声。被称为"中国第一位专门考古学者"的梁思永在第二次发掘中，首次采用了当时最先进的科学考古方法——地层学，对地层、土质、土色、堆积状态、出土文物等都进行了详细的记录和整理。两次发掘后，史语所编撰出版了中国第一部田野考古报告集《城子崖》。大量的发掘资料证明，中国远古文化源于本土，有力地粉碎了当时甚嚣尘上的中国文化"西来说"的谬论，成为中国考古学史上的一座丰碑，在中国乃至世界考古史上有着划时代的意义。梁思永在《龙山文化——中国文明的史前期之一》一文中，因城子崖遗址正对着龙山镇，而将这段时期的文化遗存命名为"龙

吴金鼎（左）与梁思永（右）　　　　　　蛋壳黑陶杯

山文化"。

　　一处重要文化遗址的系统研究，通常需要几代考古人接续努力。新中国成立后，考古工作者又对城子崖遗址进行过两个阶段的发掘，确认遗址为龙山文化、岳石文化、周代城垣互相叠压的地层关系，对各时期城墙的结构、形制及工艺技术进行了全面分析研究，对不同时期的文化堆积有了新的认识。特别是在岳石晚期城址北门发现的"一门三道"形制，是目前国内发现最早的此形制遗迹实例，被考古界称为"三代第一门"。

　　对城子崖遗址的考古发掘、研究仍在继续！

4. 大辛庄遗址

商朝经略东方的桥头堡

　　大辛庄遗址位于济南市历城区王舍人街道大辛庄村东南，是一处以商文化为主要堆积的古代遗址，总面积在 30 万平方米以上，是山东地区 440 个殷商遗址中面积最大的。1936 年由英国人 Frederick Sequier Drake（汉名林仰山）发现，并发表大辛庄遗址的调查报告。对其进行科学、系统的勘探和发掘是在新中国成立后，发现房址、水井、墓葬及陶、石、骨、蚌、铜器等一批重要资料，为了解大辛庄遗址的文化内涵及其意义、确定遗址性质等具有重要意义。

1984 年，山东大学、济南市博物馆对大辛庄遗址进行了大规模的发掘，出土不同材质、不同类型的文物 700 多件，将该遗址的商文化遗存划分为连续发展的七个阶段，与郑州二里岗期后段—小双桥—洹北和殷墟文化基本对应，由此提出了商文化大辛庄类型的概念，既是早商后期文化分期断代的参照系，又是山东地区殷商文化研究的区域性标尺。

2003 年，山东大学、山东省考古研究所、济南市考古研究所联合进行发掘，清理墓葬 30 余座，出土瓠、爵、尊等铜器及戈、圭等玉器，最大的收获是发现了商代甲骨卜辞。这是在商代都城之外首次出土的商代卜辞，在学术界乃至整个社会引起较大震动。因为"只要是出土甲骨文的地方都不是一般的地方"。7 片共 34 字的甲骨卜辞，记述了当时统治者卜问"御祭""温祭""徙"的内容，传递出武丁时期殷墟以外、商代地方贵族的

大辛庄出土的甲骨卜辞

祭祀和日常活动。卜辞书写格式和文字形体与殷墟文化归属同一体系，但卜甲的规格等方面突显地方特色，暗示了当时外来的商文化与土著文化的融合与渗透。

2010年，再次对大辛庄遗址进行钻探和发掘，发现殷墟早期大型建筑基址等一批重要的遗迹遗物，发现的商代墓地年代跨越商代前期晚段至商代后期。特别是发现了规模最大M139墓葬，墓圹长3.22米、宽2.24米、深1.57米，一棺一椁，殉人3具，虽被盗扰至底，仍出土铜器、玉石器等类型丰富、组合齐全的随葬品18件，是迄今二里岗期罕见的高规格墓葬，在我国东部地区所仅见，在全国范围内也属少见，表明墓主人拥有高贵的身份等级。出土的带族徽性质的铭文或符号共3种，特别是带"剌"字的铭文铜器，对于研究商代末年征夷方战争所经地点及路线，提供了新的实物及文字资料。众多的青铜器，纹饰精美、器型独特，展现出极高的铸造水平，显示出当时的大辛庄与商王朝无论在政治还是经济上都有密切的联系。

综合多次考古发掘成果，证明大辛庄遗址是商王朝经略东方的桥头堡，是商代前期后段至后期早段我国东方地区规格最高的遗址，在中原地区与东部沿海地区的沟通和连接上发挥着不可替代的作用。大辛庄遗址的考古发现，从一个侧面展示了特定时间段内中华文明多元一体格局的形成过程，对商代考古和历史文化研究以及"夏商周"断代工程具有极其重要的价值，被评为2010年度"全国十大考古新发现"。

5. 洛庄汉墓

汉代唯一吕姓诸侯王陵

　　洛庄汉墓位于济南市章丘区枣园街道洛庄村西 1 公里处，西距东平陵故城约 6 公里，原封土面积近 4 万平方米。1999 年至 2002 年，济南市考古研究所经过几个阶段的调查和发掘，在墓室周围发现陪葬坑和祭祀坑 36 座，出土各类遗物 3000 余件，金钟玉磬，翠羽华盖，尽现大汉王者奢华，为汉代考古提供了宝贵资料，被评为 2000 年度"全国十大考古新发现"，2021 年入选"山东百年百项重要考古发现"。

　　洛庄汉墓发现的陪葬坑和祭祀坑遗迹具有分层埋葬、排列规律的特点，在汉代诸侯王墓考古史上是第一次发现，对研究汉代诸侯王墓的埋葬制度具有重要的学术价值，甚至对重新认识汉代帝王陵墓的埋葬制度也有着极其重要的参考价值。根据随葬品种类大致可分为出行仪仗类、兵器类、仓储类、饮食起居类和乐器类，墓主人活着的时候能享受到的待遇，死后还要继续享用。

　　出行仪仗类陪葬坑是洛庄汉墓墓主生前出行奢华场面的缩写。这里既有活生生的真车真马，也有成百上千的木制人马。9 号坑发现了 7 匹高头大马，装饰有 40 件纯金马饰总重量达 600 余克，异常精美华丽；同坑还有 10 条殉狗，均佩戴用磨制海贝穿成的项圈，应是墓主人生前出行狩猎不离左右的宠物。11 号坑发现三辆实用马车，每车驷马，1 号车为立车、2 号车为安车,形制与秦陵1号、2号铜车相同;3号车为安车或辒辌车。各车均朱轮华毂,金涂五末,车舆外侧装饰着瑰丽多彩、繁复多样的云纹,马具为鎏金饰品,无比豪华。特别是这些马是被打死后整齐排列埋葬的,佩戴的马具俱按原位置摆放,对研究汉初的车马制度具有十分重要的考古价值。目睹此情此景,不禁让人遥想当年王室马队、车队出行时金光闪耀、威风凛凛的宏大场面。

而14号乐器坑发现的140余件西汉王室乐器,则填补了汉代音乐考古发现的空白。19件编钟保存完好,经初步测音,各钟仍能发两个音,声音清脆悦耳。6套107件编磬比以往汉代考古中所发现的编磬的总和还要多,在中国考古史上史无前例;其上来自多个诸侯国的刻铭,则为研究汉初编磬的制作、使用情况提供了难得的依据。

洛庄汉墓主墓室目前尚未发掘。根据调查勘探,主墓室有

洛庄汉墓出土的编钟和编磬

137

东西墓道，呈"中"字形，主墓室东西长37米、南北宽35米，东墓道长近100米，西墓道长约45米，墓葬总长达180米。如此宏大的墓葬规格应属于王一级的陵墓，那墓主人会是谁呢？洛庄汉墓共在4座陪葬坑内发现了"吕"字开头的30余枚封泥，印面内容有"吕大官印""吕内史印""吕大官丞"和"吕大行印"四种。这些带"吕"字的封泥表明墓主人应与吕姓有密切的关系。根据《史记》《汉书》记载，汉惠帝驾崩后，吕后称制，以其兄子郦侯吕台为吕王，割齐国的济南郡为吕王奉邑，一年后吕台薨逝，谥号"肃"。其子吕嘉继任为吕王，后因骄蛮获罪被废，在灭吕中被诛。之后有吕产、吕大相继任吕王，但封地已迁别处。综合来看，洛庄汉墓的墓主人应是吕国第一任国王吕台。吕台就国后第二年即去世，因此该墓葬的年代应为公元前186年之后。洛庄汉墓是目前我国发现的汉代诸侯王墓中年代较早的一座，也是已发现的唯一的吕姓诸侯王墓。

今天，我们所能看到的也许只是浩瀚的历史长河中一滴晶莹的水珠，但其反射出的文明光芒，足以令我们心绪激荡，感慨万千。

6. 魏家庄遗址

汉代"铁都"济南

自春秋战国时期，铁器逐渐取代青铜器，至汉代更成为关系国计民生、军备国防的重要物资。据《汉书·地理志》记载，汉武帝时设置郡国诸县铁官46处,济南郡有东平陵和历城两处,也就是现在的章丘西和济南古城区一带。而通过考古发掘也进一步印证了文献的记载,大量冶炼遗址遗物和铁器的发现证实济南汉代冶铁业发达,堪称"冶铁之都"!

在东平陵故城的考古发掘中,曾发现大量铁渣、矿石、木炭、耐火材料、烧土以及熔铁炉、铸范等遗迹遗物,与东平陵铁官记载一致。2004年,济南市考古研究所对济南古城区按察司街遗址、运署街遗址进行发掘清理,发现一处规模较大的汉代冶炼遗址,有耐火砖、铁矿石、陶范、铁渣和铁器等遗物。众多冶铁实物资料,表明古城青龙桥附近应为历城铁官的一处作坊,并且冶铁技术已很发达。

汉代铁器种类非常丰富,包括农具、工具、兵器和生活用具,在社会生产和生活的各个方面都起到重要作用。洛庄汉墓、东平陵故城考古发掘中,都出土有一定数量的铁器。2008年至2010年,济南市考古研究所对魏家庄墓地进行抢救性发掘,其中汉代墓葬96座,大量埋有珍贵文物的汉墓的发现说明了当时的济南已是一重镇。特别是一次性出土36件铁器,有釜、炉、鼎、剑、削、鐎斗等,尤其是铁鼎,不仅是济南汉墓中首次发现,也是全国出土数量最多的一次,极其罕见,为全国汉代铁器的研究提供了珍贵的资料。

铁器出土时已严重锈蚀,经过修复,其中一件是迄今国内唯一发现的汉代铁炉,炉身圆筒形,一侧突出长方形进火口,对侧伸出朝下的弯脖,可将烟导出避免熏人,设计科学。铁炉上架起铁釜,就是两千多年前的DIY火锅呀。铁制的长剑

魏庄汉墓出土的铁炉和鐎斗

在西汉前期也取代了战国以来较短的青铜剑得到人们的青睐。《后汉书》记载，汉章帝赐剑给诸位尚书，将其中的三把宝剑赐给三位重臣，韩棱为楚龙渊，郅寿为蜀汉文，陈宠为济南椎成。济南能锻造出名闻全国的三大名剑之一，可见冶铁水平之高、影响之大、地位之重！魏家庄遗址出土铁剑15把，长度在85—114.5厘米之间，是不是如同"济南椎成"剑呢？这也反映出墓主人具有较高的社会地位。

根据史料记载，济南东郊及东南郊一带铁矿资源非常丰富，包括郭店、王舍人、张马屯、黄台、砚池山、燕子山一线。郭店沙沟的齐王坑，据说春秋战国时期就曾开采。从矿床分布总体趋势和古代铁矿体的分布特点看，有两个区域矿体埋藏较浅，一是青龙桥、十里河一带，二是唐冶、平陵城一带，有的矿体就出露在地表，易于采集。这可能也是汉代两处铁官的主要所在地，设置有掌管采铁、冶炼的机构，并下辖一定数量的铁工场、采矿场所及附属设施。古代交通不发达，寻找矿源的手段简单，因而都是在矿源附近、开采相对容易的地方，营造作坊、组织人员进行冶炼和铸造的。济南东部的唐冶，也因唐代在此开采冶炼而得名，据明崇祯《历城县志》记载，唐朝名将秦琼子孙世代以冶铁为业，世称"铸铁秦家"。元代济南依然被作为重要的产铁之地。时至今日，章丘铁锅闻名全国、经久不息。

济南冶铁业，可谓历史悠久、源远流长！

7. 张荣家族墓地

元代的济南王

近年来，济南地区的东姚庄、赵家庄、郭店等地发现大量元代壁画墓地，对研究元代民族交流、风俗习惯、宗教信仰等方面提供了代表性材料。而元代济南王张荣家族墓地的发现，则为进一步深入研究元代政治、经济、文化及民族融合发展提供了极其珍贵的实物与文字资料。

元代济南王张荣家族墓地位于济南市历城区章灵丘村北，济南市考古研究院于 2021 年 10 月至 2022 年 9 月进行发掘，初步判断相关墓葬 32 座，是全国迄今发现的级别最高、陵园附属物最多、一次性出土文字资料最丰富的元代墓地。张荣作为元代初期济南地区最高行政、军事长官，其家族墓地明显经过规划，其墓葬位于墓地北首，而整个墓地至少延续至其玄孙，这对研究元代王侯家族的墓地选择及布局、墓葬形制等墓葬制度具有重要意义，也为研究以张荣为代表的汉人世侯家族的兴衰演变提供了重要材料。出土的元青花瓷器是济南首次发掘出土，而众多碑刻铭文可与《元史》等文献相互勘证、补史之阙。

张荣墓为砖雕壁画墓，是全国发现的规模最大、结构最复

元代张荣墓墓室壁画

杂、壁画最丰富的元代墓葬，前后双门楼、八墓室的结构为国内元代墓葬的首次发现。门楼和前、中、后三室内壁均布满彩绘，其中牡丹纹藻井、仪仗出行图、持戟武士图等是山东地区元代墓葬首次发现。丰富的壁画内容和出土的陶俑等随葬品中多有蒙古人形象，展示了多民族融合的时代特色。

张荣，金末元初济南府历城县人，少年习武从军，曾参加对辽东地区的平叛战争。他作战英勇，冲锋在前，被流矢击中眼睛，血流如注，众人大惊失色，张荣却让人用脚抵住他的额头自己将箭拔出，而神色自若。金末群盗蜂起，张荣被推举组建民团，相继控制济南黉堂岭等地，后有章丘、邹平、济阳、新城、淄州等地乡民来投，逐渐成为割据济南、淄川一带的地方武装。1226年，蒙古军大举进攻南下，张荣降蒙，成吉思汗称其"赛因拔都儿"，意思是英雄好汉，授其金紫光禄大夫、山东行尚书省，兼兵马都元帅，知济南府事。之后在蒙古灭金、灭南宋的过程中，张荣率军冲锋陷阵，英勇作战，发挥了举足轻重的作用。在战争中，他屡次阻止蒙古军实行屠戮，保全降兵和百姓性命。对因战乱迁到济南诸地的流民，张荣命令当地妥善安置他们的生产和生活，分给房屋、田地、树木、牲畜，使得济南多处荒芜的土地得到开垦。

当时的济南经过二十年的丧乱，瓦砾遍地，杂草丛生。张荣修缮城池、官署、仓廪、府库、民居，大搞基本建设；发展桑麻鱼盐之业，以厚民财；储备粮草物资，以备军需；根据民户贫富情况确定税赋，根据人丁数量分配徭役，"济南一境，比他郡号为最治"，在恢复济南社会经济秩序等方面政绩卓著，因而在中书考绩中名列榜首。忽必烈即位后，授张荣济南路万户，并封济南公，与真定史氏、东平严氏、顺天张氏并称为四大汉人世侯。张荣以八十三岁高龄去世，追封济南王，谥"忠襄"。张荣共有七子、四十孙，亦多居官位，其中，张邦杰、张宏、张邦宪、张宓分别被追封为齐郡侯、齐郡公、济南郡公等爵位。忽必烈罢黜世侯后，张氏家族逐渐式微。

在金末元初战乱纷争的年代，张荣作为重要的汉人世侯之一，在恢复济南社会秩序和经济、保一方平安方面起到了重要作用，这从济南地区出土的众多元代壁画墓中可见一斑，其历史功绩值得肯定。

（二）遗址撷英

1. 青石关

千里齐长城的唯一关城

青石关，位于济南市莱芜区和庄镇青石关村。春秋时期，齐国为抵御鲁国和楚国的侵袭，举全国之力、历时百年，沿连绵起伏的泰沂山脉由西向东修建完成长逾千里的齐长城，被称为"中国长城之父"。沿途修建很多关隘，规模最大的即青石关，因多青石而得名。

青石关是齐国都城临淄的南大门，扼守齐鲁交通要道的咽喉，地势险要。出青石关向南约二十里即进入鲁国，齐鲁两国之间著名的长勺之战即发生在青石关以南约三十里的苗山镇。关北峡谷间是一条通往关口的小路，东西两面高峰夹峙，壁如刀削，最窄处不足两米，过去只能通行一辆木轮车，感觉如入瓮口，古称"瓮口道"，俗称"关沟"。道口南侧制高点上的青石关，是千里齐长城上唯一的关城。以玉皇山为屏障，借助险要地势，依山而建，有"直淄之门，当南之冲，为出兵要路"之称，内可屯兵，外可御敌，堪称"一夫当关万夫莫开"，享"齐鲁第一关"之盛名，历来为兵家必争之地。作为军事要塞，齐鲁南北交通中枢，历朝皆重兵镇守。清咸丰年间，曾国藩为

青石关

镇压捻军曾在此巡视住宿。青石关原有围城，建有南、西、北三座城门，现南关门仅存石基，门外上方镶嵌"青石关"三字。北关门保存较为完整，顶上原建有玄帝阁，柱石尚存；门洞长条青石发碹，洞口高 4 米，宽 2.56 米，洞长 8.7 米，洞外是整块青石构成的斜坡路。

青石关的险峻也被描绘在众多的诗篇中。清代莱芜进士张梅亭在《忆故乡山水》十三首之一的《青石关》写道：

瓮门高处置雄阁，屹立千峰插碧烟。
谁信蚕丛蜀道难，天梯石栈上青天。

在张梅亭看来，青石关比"难于上青天"的蜀道还要难上加难。

青石关不仅是齐长城著名的关隘，也是闻名遐迩的齐鲁故道。瓮口道，古时称南北九省直道，是南北商贸往来的必经之地。齐国盛产陶瓷，千百年来源源不断地通过这里运往莱芜、泰安等地，因而这条路也称为"陶瓷之路"。山路崎岖，单车徐行，石板路上留下当年车轮的辙沟，深达 15—20 厘米，可见青石关曾经车水马龙的繁荣景象。

作为齐鲁古道的重要关口，陶瓷之路上商旅必经之地，青石关古道上商贾百姓络绎不绝。随着越来越多的人在此聚居，逐渐形成村落，村子也以"青石关"命名。街边两棵生机盎然的古槐，正是那段历史的参与者和见证者。

青石关以其特有的军事、地理、商旅、建筑等诸方面的魅力，以及与齐鲁古道的关联，引得无数文人墨客、旅游探险者到此观瞻。折戟沉沙，硝烟散尽，历经两千多年风雨侵蚀、炮火洗礼的青石关，虽然已经失去曾经的风采，但雄伟的城堡、斑驳的青石仍然让到访的人们感慨自然的不朽与神奇、历史的厚重与沧桑。

2. 孝堂山郭氏墓石祠
中国现存最早的石筑石刻房屋

孝堂山郭氏墓石祠位于济南市长清区西南孝里铺村孝堂山之巅，是一座双开间单檐歇山顶房屋式石室，也是我国现存地面最早的一座房屋式建筑。

孝堂山在战国时期称巫山，可能与当时此地的祭祀活动兴盛有关。大约在南北朝时期更名为孝堂山，延续至今。孝堂山山顶是一处汉代墓葬区，2000年曾发掘出四座汉墓，石祠正是一座墓前的享堂。北魏郦道元在《水经注》中对石祠已有记载，称为"孝子堂"，但未明确是哪家孝子。至北齐武平元年(570)齐州刺史胡长仁路经此处，始认为是西汉刘向《孝子图》中的郭巨之墓，并做《陇东王感孝颂》题于西山墙外，郭巨墓之说由此传开。宋代金石学家赵明诚在对石祠实地调查之后，认为石祠的建造年代应为东汉时期，而非西汉，首次对郭巨之墓说提出疑问。清代学者申兆定在研究石祠画像内容后，也对郭巨墓一说提出否定。新中国成立后，众多学者对墓主人及其年代进行考证，特别是近些年，结合孝堂山所处的地理位置、石祠画像内容等，基本排除了郭巨墓之说。普遍认为是距此不远的汉置济北国国王的墓前石祠，但墓主究竟为何人，目前学界尚未形成明确结论。

孝堂山郭氏墓石祠

石祠依墓而建，坐北朝南，仿照汉代民居建筑缩比例砌成。室内东西阔 3.8 米，南北进深 2.08 米，阔深比例约为 5 ：3，单檐歇山式顶，原有屋脊石已缺失。屋顶前后坡用两块石板覆盖，刻出瓦垄、勾头、连檐形状，东西两端刻出排山。东壁上下两石，西壁一石，上呈三角石梁。后壁横列两石。前面正中立一八角形石柱，两侧山墙前面立条石柱，上托挑檐枋石。在正中石柱和后墙间，上架三角隔梁石分室为两间。后在正中八角柱两侧另加小型八角形石柱，上有唐宋时期题铭。

石祠内壁布满精美的阴刻汉画像，内容有车马出行、历史故事、神话传说、杂耍舞技、屠宰庖厨、汉胡战争、日月星辰、合围狩猎等，是研究汉代历史、社会生活的重要参考和历史佐证。石祠内外壁有大量的游人题记，最早有纪年者为东汉永建四年（129），因此该祠堂的建造年代不晚于东汉中期。

汉代石祠虽屡见文献记载、盛极一时，但多已倒塌，现存完整者仅有孝堂山石祠一处。孝堂山石祠建筑已有墙壁、柱子、梁、枋、斗、屋顶等组成部分，两山屋顶雕刻仿木结构的瓦垄、勾头、椽头、连檐及排山等形状，东间前后屋檐有瓦当，檐椽有卷杀，这些特点均为研究古代建筑的重要实物例证。石祠画像雕刻线条刚劲、洗练，形象简朴生动，是汉代画像石中的精品，具有极高的艺术价值。在石祠内外壁上题刻众多，具有重要的文字资料价值；西山墙外侧《陇东王感孝颂》字体结合魏碑体和隶书，是我国书法研究的重要对象。

孝堂山郭氏墓石祠是汉代建筑之精品，充分体现了汉代政治、经济和文化的繁荣发展及先民的聪明才智，对研究汉代的

建筑有着极其重要的意义，在世界和我国建筑史上具有重要
地位。

3. 四门塔

中国现存唯一的隋代石塔

四门塔位于济南市历城区柳埠街道青龙山神通寺遗址内，
是我国现存唯一的隋代石塔，也是现存最早、保存最完整的单
层亭阁式佛塔，为我国早期石质建筑之典范，被誉为"中国第
一石塔""华夏第一石塔"。

四门塔通高15.04米，造型简洁朴素。塔身通体由取材当
地的巨大青石砌成，单层，正方形，每边宽7.4米，壁厚0.8米，
四面各开辟一半圆形拱门，故称"四门塔"。塔檐外挑五层，
之上层层叠收二十三层成攒尖顶，顶端由须弥座（露盘）、山
花蕉叶、相轮、宝瓶构成塔刹。整体浑厚而朴实，古朴又简洁，
对于研究中国佛教历史和古代建筑建造特色都有较高的价值，
在我国建筑史上占
有重要的地位。著
名建筑学家梁思成
先生在考察四门塔
后曾说，中国古塔
是在其传统多层结
构之上覆以印度窣
堵坡样式的有趣结

四门塔

合，四门塔正是这种融合样式最早和最简洁的实例之一。

四门塔塔室中心为石砌方形塔心柱，上擎16根三角石梁，置石拱板连接塔四壁，以支撑塔顶重量，使塔身整体稳定性良好，不易造成损坏。塔心柱每面均有一平台，各置一尊高1.4米的坐姿石佛像，西面是无量寿佛，南面是保生佛，东面是阿閦佛，北面是微妙声佛，皆螺髻。四面佛像造型优美，雕刻技艺高超，笔法细腻传神，纹饰流畅清晰，保存基本完好，实属难得，具有极高的历史与艺术价值，被海内外专家誉为我国雕刻艺术之珍品、极品。1997年3月7日，东尊阿閦佛佛头被盗，流失海外。后被台湾法鼓山文教基金会圣严法师的弟子吴文成居士等在海外购得。2002年12月，圣严法师亲自率团护送佛头回归故里，使千年佛像身首复合，重现往日神采。

关于四门塔的建造年代历来众说纷纭。1972年，文物部门对四门塔塔身进行维修时获得两个重大发现，一是在塔心柱内发现舍利函，是我国最早发现的舍利子，比西安法门寺还早14年；二是发现刻有"大业七年造"（611）题记的石拱板，方确定塔的始建年代为隋代，是供奉隋文帝赐予齐州神通寺舍利的舍利塔，已有1400多年历史。

四门塔平面为正方形，塔心柱平面为正方形，外观每面墙体同样为正方形，这种方形、方正建造方法的设计，使四门塔整体突显沉稳大方厚重之感。《世界美术全集》载其筑法："乃汉代制法之余波，此塔结构虽简单，却具有平衡之美，在石筑之单层塔中，可谓之无与伦比者"，对研究我国古代建筑建造特色具有重要价值，在中国古塔形制的演进过程中也具有极其重要的地位。

4. 灵岩寺

天下四大名刹之一

灵岩寺位于济南市长清区万德街道、泰山北麓灵岩峪方山之阳,创建于晋宋之际(420左右),距今已有1600多年的历史。灵岩寺是佛教进入山东地区最早的寺院道场之一,是现存规模较大、历史影响最广、遗存文物内容最为丰富、发展演变从未中断的佛教寺院,也是世界双遗产泰山文化的重要组成部分。

灵岩寺群山环抱,岩幽壁峭,柏檀叠秀,相传东晋高僧朗公来此说法,使得"猛兽归服,乱石点头",故称"灵岩"。晋宋之际,法定禅师创建寺院,现寺院东部、甘露泉西侧为早期寺院遗址所在。隋唐时期,灵岩寺极为兴盛。开皇十三年(593)隋文帝敕命其孙华阳王杨楷任灵岩寺檀越。麟德二年(665),唐高宗与武则天泰山封禅时驻跸灵岩,给灵岩寺及周边寺院带来重大发展机遇。当时的灵岩寺已发展成为佛教禅宗重要寺院,唐元和年间(806—820)宰辅李吉甫编纂《十道图》,将灵岩寺与江苏南京栖霞寺、浙江天台国清寺、湖北江陵玉泉寺合称为四绝。唐武宗会昌年间(840—846)灭法,灵岩寺遭到毁灭性破坏,仅存证明功德龛佛像。继任的唐宣宗即位后,重新尊崇佛法,寺院得以快速恢复。宋元时期,灵岩寺实行十方制,屡有大德高僧住持寺院,寺院规模不断扩大,最兴盛时僧人200余人。明清时期,寺院多次整修,规模缩小,但名声在外。自然泉石之美,历史遗存丰厚,文化底蕴切实,众多的文人墨客、智贤达人前来观瞻,吊古览胜,明代学者王世贞赞曰:"灵岩是泰山背最幽胜处,游泰山而不至灵岩不成游也。"乾隆皇帝八次南巡次次驻幸灵岩,每次对灵岩八景皆赋诗一遍,加上单独对景物的赋诗,在灵岩寺赋诗达104首之多,对灵岩的喜爱之情溢于言表。

灵岩寺坐北面南,依山而建,历经千年,现存殿宇多为明清形制,部分保留有唐宋构件。沿山门内中轴线,依次为天王殿、钟鼓楼、大雄宝殿、五花殿、鲁班洞、千佛殿、御书阁、般若殿及辟支塔、墓塔林、方山之上证明功德龛等。千佛殿内陈列40尊生动逼真的彩色泥塑罗汉像,或慈眉善目,或刚烈威武,或肃穆恬静,或诙谐幽默,反映当时人们的审美观点和艺术手法,是我国雕塑艺术之瑰宝,在美术、艺术、雕塑史上占有重要位置,梁启超先生称其为"海内第一名塑",闻名遐迩。

碑刻是灵岩寺一大特色。历代达官显贵、文人墨客游览题

灵岩寺千佛殿

彩塑罗汉像

咏，留下众多的瑰丽诗文和名篇佳作，现存自唐至清代碑刻数百通。这些刻在石头上的文字记载真实可靠，叙述详实，忠实记录了当时的景致、人物、殿堂创修或事件发生的前后经过，是不可多得的珍贵资料。同时，诸类碑刻多为历代书法艺术之大乘，如唐代李邕，宋代苏辙、蔡卞，金代党怀英，元代张起岩等名人大家，他们书如行云，文蕴内涵，其书法及语句皆为后人所鉴赏，史者探究、书者效仿、文者研习，成为研究书法镌刻艺术的珍贵摹本。

灵岩寺肇始于东晋，发展于南北朝，鼎盛于唐宋，衰败于明末清代，沉淀出厚重的历史文化内涵。对山东地区佛教进行研究，离不开灵岩寺的佛教发展内容，灵岩寺的佛教演变在很大程度上成为山东佛教发展的缩影，标显着佛教进入山东的肇始起源和发展演变历程。

5. 府学文庙

中国四大文庙之一

府学文庙是兼具教育与祭祀功能的场所，即"庙学合一"的学习儒家经典的学校与祭祀孔子的庙宇相结合，也是地方施行礼乐教化的中心，儒学发展与传播的见证，衡量地方社会文化水平的重要参数。"庙学"格局自唐代形成历代延续，至明清时期达到顶峰，对其建筑形制、祭祀仪式的要求更为标准和严格。

济南府学文庙位于大明湖路 248 号，是古代济南及山东地区祭孔、教学、科举考试的场所和文化、教育的中心，被誉为"齐鲁文衡""海岱文枢"，是济南深厚历史文化的见证。唐初在国子监内立周孔庙，贞观二年（628）"罢周公乃专享孔子"，两年后诏令全国州县学皆立孔子庙，从而形成"庙学合一"的局面。据乾隆《历城县志》记载，北宋熙宁年间（1068—1077）济南郡守李恭创建府学，金代因战争而遭到严重破坏，元末倾圮。明洪武二年（1369）重建，成化十九年（1483）拓建，后经数代重修，到明末建筑布局臻于完善。清代、民国对文庙的修葺不断，基本保持明末的布局规模。济南府学文庙是国内现存不多的一处府级文庙，具有极高的文物价值。

清末科举制废除后，府学文庙逐渐败落，至21世纪初，仅存影壁、前门、大成殿、泮池、更衣所等少数建筑。2005年9月10日，济南市人民政府启动府学文庙千年大修工程，是新中国成立以来济南市文物保护维修工程一次性投资最大的一次，修复现有古建筑，根据文献资料恢复被拆除的部分，历时五年完工，基本达到明末济南府学文庙的格局和规模，成为大明湖片区文化旅游景观的重要组成部分、济南历史文化名城的新名片。

明清时期统治者对儒学极力推崇，在文庙的相关礼制上进行了统一规范，不论是建筑形式、建筑名称、内部陈设还是祭祀礼仪都要遵照颁布的标准执行。乾隆《历城县志》记载济南府学文庙"规制如鲁"，即其形制、规模与曲阜孔庙相当也是实证。建筑内容和布局反映出儒家伦理的理念和要求。儒学主张中正有序，反映在文庙建筑上，则表现为采用中轴对称的布

府学文庙大成殿

局方式，沿轴线南北纵深发展，对轴线之外的附属部分采取严格对称的手法，遵循伦理秩序，突出居中为尊。维修后的府学文庙建筑由南至北依次为影壁、大门、中规亭、中矩亭、棂星门、泮池、钟英坊、毓秀坊、屏门、更衣所、牺牲所、戟门、东西掖门、东西廊庑、御碑亭、大成殿、明伦堂、斋室、尊经阁、北门等，规模宏大，布局严谨，蔚为壮观。明伦堂是文庙内专司教育之职的场所，体现了文庙的"庙学合一"。居中的大成殿面阔九间，进深四间，整体结构是一座大型木构单檐庑殿顶琉璃瓦建筑，为同级文庙中体量最大、建筑等级最高的府级大殿，规格上仅次于曲阜孔庙和北京国子监孔庙，具有很高的文物价值与艺术价值。

2010年9月28日，正值儒家思想创始人孔子诞辰2561周年，济南府学文庙千年大修竣工及开放庆典仪式在大成殿前隆重举行。之后成功举办济南市"孔子文化节""新年祈福会""成人礼""开笔礼"等公益文化活动，开展国学讲习所，举办各种与传统文化相关的活动，成为济南弘扬中华优秀传统文化的阵地、守望济南城市历史文脉的重要象征，对丰富城市历史文化底蕴有着重要的历史意义与时代价值。

6.浪溪河上永济桥

始建于 1500 年的石拱桥

"十六个狮子二个猴，四四一十六个蘑菇头，独石一百零八块，南北三十个水流沟。"这首民谣描述的是济南市平阴县东阿镇东阿老城内浪溪河上的永济桥，历经五百多年，曾经是东阿古城内唯一的东西通道，具有深厚的文化内涵及独特的建筑艺术特色。

东阿古城始建于明朝洪武八年（1375），城内的狼溪河（浪溪河旧称）由南向北穿城而过，俗称"东阿县城两半，狼溪河中间穿"，"狼溪春水"乃古东阿八景之一，但给两岸百姓出行带来诸多不便。据民国《东阿县志》记载，为便于过河通行，明弘治十三年（1500）知县秦昂主持创建三孔石桥，名狼溪桥。三十年后被洪水冲毁，之后有一段时间用架木悬板的方式渡河，而木板被雨水浸漫容易损毁，极为不便又增加危险。明嘉靖三十年（1551）县令董锦重修桥体，将三孔石桥改建为单孔木桥，桥面铺石板，两侧有石质栏杆，更名为永济桥，显示出人们对此桥寄托的厚望和良苦用心。但由于桥面坡度较大，造成上下通行不便，特别是雨雪天气路面湿滑更甚，隆庆二年（1568）

知县田乐主持进行改建，百姓出资出力，将桥身加厚并降低高度，使其坡度更为平缓，但多年后遭遇洪水再次倒塌。明万历四十年（1612）知县李时馥向朝廷申请拨款，将之前的木材全部换成石材，极大提高了桥梁的坚固性。此次重修至民国时期的三百多年时间里，永济桥承载着浪溪河两岸的交通压力，历经风雨侵蚀和多次水患，依然顽强地屹立在浪溪河上。

永济桥为单孔拱券形石桥，全长42.5米，宽6.6米，桥面宽5米，最大跨度8米，由青石拱券砌筑而成，至水面高3.5米。拱券为圆弧形，上部采用并列式砌拱法，下部采用纵联式砌拱法，两种砌筑方式相结合，条石之间相互联系，使整个拱券融为一体，既保证造型稳固，又便于一石受损维修不影响整桥的通行，充分显示了我国古代劳动人民的聪明智慧和高超的建桥技术。拱券龙门石浮雕龙头，造型生动，体形饱满，雕工技艺

永济桥

高超。桥面铺石板，分仰天石、桥面石、地栿石三层，起拱平缓，桥面平坦宽敞，磨损的车痕记载着数百年的历史沧桑。两侧置望柱、栏板。望柱共计 32 根，其中 16 根柱头刻有荷叶托寿桃、荷叶托珠的造型。另 16 根柱头，有 2 根柱头雕刻的是猴子；其余 14 根柱头雕刻形态各异的坐狮，生动活泼，细腻传神。这些雕刻工艺精湛，富于变化，体现出极高的艺术价值和美学价值。栏板共 30 块，为全封闭式，上下两格浅浮雕花卉祥云图案。每块石栏板下留有一对排水孔，下雨时可使桥上的积水迅速排出，洪汛时还可缓解漫过桥面的水流对石桥的冲击。在桥栏两端引桥砌石墙，与桥栏相接。虽经数次修缮，但桥体主要构件仍为明代遗物，现保存基本完好。

永济桥造型雄伟别致、古朴大方，雕刻形象逼真、刻画细微，融实用性与艺术性为一体，完美而深邃，体现出古人高超的工程结构学、建筑美学和雕塑艺术，是济南市现存规模最大、保存最完整的的明代单拱石桥，也是山东省艺术价值最高的古石桥之一、古代优秀建筑之一，在中国建筑史上有重要地位。

7. 华阳宫古建筑群
济南城区规模最大的古建筑群

华阳宫古建筑群位于济南历城区华山之阳，是一处集佛、道、儒三教为一体的综合性宗教建筑道场，历史悠久，被称为"济南巨观"。

华阳宫是古建筑群中的一座庙宇，因其规模最大、历史最久，以其名统称该建筑群，另包括泰山行宫、关帝庙、三元宫、玉皇宫、三教堂、三皇殿、龙王庙、棉花殿以及佛教的净土庵等 10 处寺观。每座庙宇均依轴布局，左右对称，围墙封闭，自成体系，体现了我国古代传统的建筑布局。庙宇供奉对象也是当地百姓信奉的神祇，因而有"来济南到华山，华阳宫的神仙全"的说法。

华阳宫古建筑群所在的华山，古称"华不注山"，因其形如花蒂注于水中而得名，是济南历史上的名山。春秋时期的齐晋鞌之战中"三周华不注"的故事就发生在这里，北魏郦道元《水经注》中也有记载。后被历代文人墨客所青睐仰慕，纷至沓来，或吟诗作赋，或挥毫泼墨，李白、杜甫、元好问、赵孟頫、张养浩、顾炎武、蒲松龄等都为后世留下有关华山的不朽篇章，使华山成为一座文化名山。

关于华阳宫的创建年代，史料中无明确记载。明代学者王象春《齐音》记载，晋代长白山人元阳子，在伏生墓中得《金碧潜通》一书，细为注解，携之修真于华阳宫。而根据南宋理宗道士董思靖在《道德真经集解序说》中记述，元阳子为唐代人。南宋去唐不远，记载应比明代的文献更为准确，元阳子应为唐代人。据此推论，唐代的华不注山可能已有名谓"华阳宫"的道教场所。

有史可证的关于华阳宫最明确的记载始于金末。现存于济南古城区舜井街旁的《迎祥宫碑》，是济南市区内为数极少的早期碑刻之一，碑文由元代历史学家、书法家张起岩撰书、著名散曲家张养浩篆额，记述了金末至元代百年间，全真教道士陈志渊及其徒众来济南兴教建宫的历史。碑文明确记载金正大五年（1228），陈志渊将华阳宫营建为全真道场。只是经千年历史风雨的冲刷，当时的建筑已痕迹全无。

元代的华阳宫，据于钦《齐乘》记载有李白等前人所写诗文的刻石。王恽《游华不注记》详细记述了从大明湖沿小清河一路行船至华阳宫的所见所闻，及"扶掖登岸，相与步入华阳道观"宴饮的经过。现华阳宫宫门为原二宫门，在其南侧有一宫门和钟鼓楼遗址，紧邻小清河故道，为最初进入华阳宫的宫门。

明嘉靖年间（1522—1566）华阳宫因供奉的神灵不合乎礼仪而被列入清除之列，地方官员改革了华阳宫里的供奉内容，更其名为"崇正祠"并对庙宇进行修缮。明万历六年（1578）恢复"华阳宫"之名，将正殿四季殿改塑春夏秋冬四帝，明确护宫官地，保证宫院产业不受侵犯。泰山行宫山门外有一方"圣旨"蟠螭纹碑首，从碑刻雕刻风格看约为明末清初朝廷颁发的敕牒文，惜碑身已失，无从知晓其内容。但说明此时的华阳宫已具相当规模。清朝时期，增建了观音堂（现关帝庙）、观音殿、地藏王殿、玉皇宫西配房等体量不大的建筑，从碑刻记载上看多为地方信士募捐和僧人化缘所建。据《重修华阳宫四季殿碑记》可知，清光绪三十一年（1905）曾对四季殿进行一次大的维修，奠定了现在的规模。

2000年，济南市文化局组织对华阳宫古建筑群进行全面维修，2001年5月1日正式对外开放。2010年，西北大学对其中12座殿宇的古壁画进行修复，历时三年，清理出明代中后期至民国初期的古壁画320平方米，为古建筑群增添了新的文化内涵。华阳宫古建筑群10处内容不同的庙观依山就势、高低错落，相间有序、布局有致，组成济南城区规模最大的古建筑群体，已成为华山风景区一处重要的历史人文景观。

8. 洪家楼天主教堂

济南第一座"土屯法"建造的哥特式建筑

洪家楼天主教堂位于济南市历城区洪家楼广场北侧，因所处洪家楼村而得名，是济南市规模最大的天主教堂，也是中国三大著名天主教堂之一。

洪家楼天主教堂的历史可追溯到清同治九年（1870）。当时的天主教山东教区主教、德国传教士顾立爵在济南东郊洪家楼村购买地皮兴建教堂，教堂在光绪二十六年（1900）义和团运动中被烧毁。后利用《辛丑条约》的庚子赔款在原址重建，由奥地利神父庞会襄修士以著名的德国科隆大教堂为蓝本设计，聘请著名石匠卢立成为工程的总施工、总监管。光绪二十七年开工建设，历时三年多建成，全称洪家楼耶稣圣心主教座堂，是一座具有典型的欧洲12世纪至16世纪初的哥特式风格的天主教堂。新建的教堂体量宏大，结构合理，布局高低相间、错落有致，细部精工细雕，内饰富丽堂皇，大厅可容纳千人进行活动。作为典型的哥特式建筑，洪家楼天主教堂有多门多窗、多角多棱、多塔多彩绘、多砖雕石雕、多十字架的特色，广泛运用了线条轻快的尖拱券、轻盈通透的飞扶壁、修长纤细的壁柱、造型挺拔的尖塔和彩色玻璃花格窗。整座建筑彰显塔林耸立、轻盈向上、直插云霄的态势，一眼望去，给观者以向上腾跃的力量感和升华感，蔚为壮观。

　　建造如此高大的建筑，在当时的时代条件下，没有先进的吊装和运输设备，难度可想而知。负责施工的卢立成是当时济南历城孙村著名的石匠，擅长设计、绘画与刻制各个环节，工艺高超且颇具胆识。他带领村里100多名石匠作为施工骨干，总管1000多人的施工队伍，开启了这项伟大的工程。对于高达40多米的塔楼，他主持采用传统的"土屯法"施工技术，即利用斜面原理，先铺个土坡，将一块块沉重的石料通过前面拉后面用杆撬的方式拉到土坡上，到达需要高度后把土坡清理掉，实现巨大石料的砌筑。而教堂内外遍布的工艺精致、内容

洪家楼天主教堂

丰富的雕刻，也可看出孙村石匠高超的雕刻艺术。这也充分说明中国优秀的传统文化、传统技术和传统工艺也可以建造出结构复杂、制作工艺精细的西方建筑。

洪家楼天主教堂虽然是纯粹的西方建筑，但因由中国工人建造，也融入中国传统建筑的砖瓦、雕刻、纹样等元素，如教堂主厅的屋顶覆盖中国传统小黑瓦，墙体灰砖；中门两侧上部石墙雕有两个张嘴怒目的石龙头；天顶绘满各种色泽艳丽的植物纹样，圣坛立柱上端绘鹿与仙鹤的瑞兽图案等，都呈现出中国传统建筑文化的特色及东西方建筑文化的有机融合。

洪家楼天主教堂南侧为天主教方济各会华北总修（道）院，是一处以四层钟楼为中心的二层环廊建筑，与毗邻的天主教堂共同构成一组规模宏大、体系完备的宗教建筑群，成济南城市景观中具有浓郁异国风情的一个标志性建筑群。

建筑是凝固的历史，是城市变迁的见证者。洪家楼天主教堂是在济南自开商埠后，中西文明碰撞交流的时代背景下诞生的，它融汇中西合璧的建筑形式，呈现独特的多元文化影响的建筑风格，对后来的建筑设计产生深远的影响，被评为中国100座近现代经典建筑之一。

9. 万字会旧址

中国第一个大型民间慈善组织

万字会旧址位于济南市中区泺源街道上新街南首路西，又称济南道院母院，始建于 1934 年，是一座近代大型宫殿庙宇混合式建筑群。

济南道院母院，由著名建筑师梁思成的得意门生萧怡九及朱兆雪、于皋民等人设计，著名的古建筑商号北京恒茂兴、广和兴负责营造，为我国传统建筑布局形式，坐北朝南，四进院落，中轴线上依次为山门、影壁、仪门、前殿、后殿、辰光阁等，两侧有厢房、回廊、后配厢房及东西侧门，其中辰光阁的规模和高度可与北京天坛祈年殿比肩。主要建筑采用清式大木作台梁式结构，却为钢筋水泥浇灌而成，上覆定制绿琉璃瓦，外墙青砖磨缝，基座花岗石包砌，流光溢彩，富丽堂皇，是全国罕见的采用钢筋混凝土结构、完全模仿宫殿大木作结构的典型实例。新中国成立后，济南道院成为山东博物馆的文物陈列室，后为山东省考古研究所办公地点。

济南道院 1921 年成立于济南，总部设在北京。第二年，组建世界红万字中华总会，仅数年时间，发展成为中国最早的大型慈善机构、跨国性数位一体的民间宗教组织，声势颇盛，

济南道院辰光阁

影响广泛。按其组织架构，分为道院、世界红万字会和道德社。道院为中枢和决策机构，也是成员的修道之所；红万字会是由道院设立的从事各种慈善活动的组织；道德社是研究宣传道院宣教理论和培养宗教人才的机构。至 1939 年，国内各地建道院 436 处，从通商巨埠的沿海都市到内地偏僻小镇都留下其活动的身影，甚至在香港、神户、新加坡等地建道院修道点 200 余处，与当时的世界红十字会和华洋义赈会等慈善组织的影响不相上下。新中国成立后，国内宗教组织自行解散。

济南的道院组织分山东分会和济南分会两大系统。山东分会设有全鲁分会联合办事处，下辖恤养院、施诊所、道化小学、山东红万字会妇女分会和济南道院母院等。济南分会于 1922 年由辛铸九、管相麟、郑婴芝等创办，附属有第一、第二诊所，残疾收养所，育婴堂等，济南红万字会妇女分会及道德总社等。这些组织从事慈善救济事业，为贫、病民众免费施诊、施药等，在民国灾荒纷扰、战事不断的历史背景下，具有积极的社会意义。

济南万字会旧址是济南道院发展历史的实物见证，是我国传统木建筑向现代建筑过渡的典型实例，是近现代重要史迹及代表性建筑。为进一步加强文物建筑保护和活化利用，山东省古建筑保护研究院自 2022 年 10 月开始对万字会旧址进行系统保护修缮，并将依托文物建筑打造山东省古建筑博物馆，使其成为济南历史文化名城的一处新的文化地标。

10. "五三"惨案遗址

日本侵华的见证地

"五三"惨案遗址

"五三"惨案遗址位于济南市槐荫区五里沟街道经四路 370 号，原国民政府外交部驻山东特派交涉员公署。1928 年 5 月 3 日，就在这里发生了震惊中外的"五三"惨案，时任战地政务委员会委员兼外交处主任、山东交涉员的蔡公时及交涉公署员工十余人全部遇难。

蔡公时（1881—1928），江西九江人，早年留学日本，追随孙中山先生，坚定地从事革命活动，1928 年任国民革命军总司令部战地政务委员兼外交处主任。1928 年春，正当国民党北伐进军山东之时，日本帝国主义为了维护其在中国的利益，阻挠国民革命军的北伐，借口保护日本侨民出兵山东，于 4 月下旬陆续开抵济南。蔡公时因精通日语、谙熟日情，被国民政府任命为山东外交特派员，负责与日本驻济南领署联系交涉。从徐州出发前，蔡公时对蒋介石说："这一次出去，料想日本人一定要同我们捣乱。我们如一退让，他们就要更加凶狠，我们要拿革命的精神同他们周旋。"

5 月 1 日，北伐军进入济南后，日本侵略军就开始不断挑衅。

5月3日晚9时左右,日军借口在山东交涉署门前发现日兵尸体,冲进外交公署,撕毁青天白日旗和孙中山先生像,无视国际公法,强行搜查,并将蔡公时及署内全体职员捆绑起来。面对日军的暴行,蔡公时大义凛然,抗议日军的非法行径,日兵竟野蛮地割去其耳鼻。在极度痛楚中,他仍大声怒斥敌人:"日军决意杀害我们,唯此国耻,何时可雪?野兽们,中国人可杀不可辱!"日军又残忍地剜去蔡公时的舌头和眼睛,又把所有被缚人员的衣服剥光,恣意鞭打,百般凌辱,然后拉至院内用机枪扫射。蔡公时、张鸿渐、姚成义等17人惨遭虐杀,这就是震惊世界的"五三"惨案。

面对日军的侵略,蒋介石却命令部队撤出济南,绕道继续北伐。11日,日军攻陷济南,城内火光冲天、血流成河,种种暴行,罄竹难书。由此,济南被日军占领一年之久。

蔡公时被残忍杀害,激起中国人民的极大愤怒,各地民众、团体纷纷举行示威抗议。蔡公时作为一名铮铮铁骨的外交官,以身殉国,捍卫了民族的正义与尊严,体现了中华儿女大无畏的爱国精神和不屈不挠的民族气节,被誉为"外交史上第一人"。

"五三"惨案是济南近代史上一个刻骨铭心的悲痛之日。自1999年起,每年的5月3日,济南的上空都会响起防空警报,提醒每一位市民勿忘国耻、警钟长鸣、崇尚文明、珍爱和平,勇担振兴中华的历史使命!

11. 泺口黄河铁路大桥

炮火炸不垮的大桥

泺口黄河铁路大桥位于济南北部泺口黄河之上，是津浦铁路上的一座跨黄河大桥，造型独特，气势恢宏，是当时亚洲跨度最大的铁路桥。

光绪二十五年（1899），《津浦铁路借款草合同》签订，中德双方在黄河济南段 180 公里流域内反复考察论证，将桥址最终确定在泺口。光绪三十四年（1908），德国孟阿恩桥梁公司投标成功，举行开工典礼，翌年开工建造，1912 年 11 月竣工。泺口大桥全长 1265.91 米，宽 9.4 米，为 12 孔双线钢梁桥。最大孔径跨度 164.7 米，为亚洲之最。全桥共有 11 个桥墩，因地制宜，埋深合理，在历史上经受住了多次洪水的考验。

泺口黄河铁路大桥北达京津、南至沪宁，成为津浦铁路上的交通枢纽、咽喉要道，与津浦铁路济南站连为一体，大力促进了济南经济的发展与繁荣。民国以来，狼烟四起，战事频繁，泺口大桥的军事地位愈加凸显，成为兵家必争之地，在北伐战争、中原大战、抗日战争、解放战争中屡遭炮火重创。

1928 年 4 月，北伐军包围济南，时任山东军务督办、直鲁联军总司令的张宗昌将济南商埠的防卫权交给侵华日军，弃城逃跑，奔向天津。所乘汽车经过泺口后，他过河拆桥，炸毁大桥第 8 号桥墩。后日军又破坏大桥，强占泺口镇。之后中断行车一年之久。

　　1930 年 4 月，中原大战爆发，战场主要集中在中原地区的陇海、津浦、胶济铁路沿线展开，泺口铁路大桥又一次陷入炮火之中。6 月，蒋军韩复榘在与晋军傅作义作战时，炸毁黄河铁路大桥。后两军隔岸相互炮击，大桥又遭池鱼之殃。

　　1937 年，"七七"事变爆发，日军攻陷平津后沿津浦铁路大举南下，逼近济南。时任山东省政府主席韩复榘为阻止日军南下，又一次炸毁大桥，这也是最严重的一次破坏，第 9、10、11 孔钢架断裂坠入河中，惨不忍睹。日军在韩复榘南逃、攻陷济南后，为打通津浦铁路，夜以继日地修复大桥，仅用半年时间就完成修复。原来日军早预料到大桥会被毁坏，提前安排情报人员窃取了大桥的技术资料，在日本国内造好同尺寸的钢梁材料。可见日本侵华早有预谋。

　　1948 年 9 月，济南战役打响，渤海军区副司令员廖荣标指挥部队突击泺口，占领了黄河铁路大桥及鹊山等地，保护大桥免遭炸毁。但不幸的是，1949年2月，国民党派飞机轰炸泺口大桥，炸伤悬臂梁。当时进行了焊接修补，1959年又进行大修和加固。

泺口黄河铁路大桥是近代史上世界列强掠夺中国主权的见证。在炸毁与修复中历久弥坚的泺口大桥，见证了战争的残酷，也凸显出大桥在政治、经济、军事中的重要地位。新中国成立后，对津浦铁路进行了全面技术改造，大力进行桥梁加固和线路维修扩展。1954年，百年一遇的特大洪水肆虐多日，泺口铁路大桥安然无恙。维修后的大桥，运输效率显著提高，通车能力不断扩大，为国民经济的恢复和发展发挥了重要作用。

历经一次次生死考验，浴火重生，今天的泺口铁路大桥依然飞架黄河之上，长虹卧波，雄姿英发。2018年1月，入选第一批中国工业遗产保护名录。

12. 奎虚书藏楼
侵华日军山东战区受降地

奎虚书藏楼位于济南大明湖公园正门西南隅的遐园内，为原山东省立图书馆的藏书楼，也是侵华日军山东战区受降仪式的举办地。

山东省图书馆始建于光绪三十四年（1908），当时的山东提学使罗正钧出国考察后，效仿西方教育，学习西方科学文化科技，倡议在大明湖南岸建立了山东省立图书馆，建筑形式仿著名藏书楼"天一阁"的馆园结合式，在当时全国各省图书馆中首屈一指。1928年"五三"惨案中，图书馆遭到日军炮火的破坏。1934年时任馆长的王献唐争取到山东省政府拨款五万元，开始筹建新藏书楼。新楼由山东建设厅工程师杨巨斗设计，和兴成工程局承建。

　　1935年3月动工建设，掘地数尺，涌出大水。原来清初时，此处尚为湖区，虽经二百余年沧桑成为湖滨，但土质松浮，为稳固起见，地基由木桩砌石改为钢筋水泥。同年10月竣工。新楼坐西面东，占地约1760平方米。平面为"山"字形，顶部女儿墙做叠落状马头墙处理，正中为"奎虚书藏"四个大字，由民国时期著名藏书家、教育家傅增湘题署，取天象之意："奎星主齐，虚星主鲁，奎虚者，齐鲁分野也"，意为涵盖齐鲁之精华。奎虚书藏楼落成后，原有的普通图书阅览室、参考图书阅览室及书库均迁入其中，成为省图书馆的主要馆舍。

　　日军侵占济南期间，因其他建筑被毁坏，奎虚书藏楼是山

奎虚书藏楼

171

东省图书馆唯一的藏书阅览场所。1945年8月15日，日本天皇裕仁宣布无条件投降，9月2日，日本代表在投降书上签字，中国人民抗日战争取得了最后的胜利。12月27日，济南、青岛、德州三地的日军受降仪式在大明湖畔山东省图书馆的奎虚书藏楼举行，这里当时是国民党第十一战区副司令长官司令部的所在地。济南日军受降之所以选在12月27日是有着深刻寓意的。因为，这一天是八年前济南沦陷的日子，受降仪式推迟到这一天举行，就是要纪念这个特殊的日子。中方签字代表为当时国民党山东战区副司令长官李延年，日方代表为四十三军司令官细川忠康中将。李延年题"我武维扬"匾以示纪念。奎虚书藏楼在这个重要的历史节点见证了中华民族扬眉吐气的庄严时刻。

济南解放后，山东省图书馆于1949年夏重新开馆，对奎虚书藏楼等原有建筑进行整修。2014年根据功能定位和读者的需求，按民国样式进行整修，形成结构紧凑、功能兼具的布局，成为山东省图书馆尼山书院的主体建筑，传播中华优秀传统文化。为纪念1945年山东战区日军受降仪式的举办，特设"永奠和平——济南、青岛、德州地区受降展"常设展厅。

风雨砥砺，岁月如歌。如今的奎虚书藏楼，与风光旖旎的明湖景色融为一体，承载着城市文明的积淀和记忆，散发出更加迷人的光辉。

五

多彩非遗

济南历史悠久、人文璀璨，在漫长的世代传承发展中，济南人民创造出丰富多彩的非物质文化遗产，诠释着独特的泉城文化魅力，也彰显出精益求精的工匠精神。从我国最早的卡通动画济南皮影戏到清乾隆帝女儿嫁妆锡雕，从北方男子舞蹈代表鼓子秧歌到扛在肩上行走的戏台章丘芯子，从"修合无人见，存心有天知"的宏济堂中医药文化到"食安天下知"的亓氏酱香源，无时不在讲述着一代代济南人特有的文化生活，无处不在展现着一代代济南人别致的生活文化。在近处，古老的传统在现代生活中焕发出光彩；在远方，一座非遗名城在时代潮头中屹立。

（一）匠心筑梦

1. 福牌阿胶

圣旨御赐的九天贡胶

阿胶是名贵中药，与人参、鹿茸并称为中药三宝，《本草纲目》称其为"圣药"，因始产于古东阿（今属平阴县东阿镇）而得名。千百年来，以质量稳定、疗效显著、皇家特供而闻名于世。在平阴县东阿镇，一直流传着一首妇孺皆知的民谣："小黑驴，白肚皮，粉鼻子粉眼粉蹄子；狮耳山上去啃草，狼溪河里来饮水；永济桥上遛三遭，魏家场里打个滚；至冬宰杀取其皮，熬胶还得阴阳水。"这首朗朗上口的民谣唱出了阿胶原产地得天独厚的自然条件、熬胶所需的优质原材料以及独特的工艺，也唱出了"阿胶出东阿"享誉中外的美名。

平阴县东阿镇被誉为"中国阿胶之乡"，这里世代制胶、盛产不衰，早在北宋时期就已出现制胶作坊，明末清初时更是出现了"妇幼皆通煎胶"的盛况，邓氏树德堂、涂氏怀德堂、孙氏怀仁堂等都是当时著名的制胶作坊，诸家各有所长、各领千秋，衍生出福牌阿胶等诸多传说故事，共同绘制出一部经典的阿胶传奇。据传，咸丰帝的宠妃兰贵人怀胎时患有血症（习惯性流产），御医屡治但始终无法痊愈。时任户部侍郎的东阿镇人陈妫宗，向御医推荐东阿邓氏树德堂阿胶，兰贵人服用后，血症遂得到痊愈，并喜得皇子，即后来清朝第十位皇帝同治帝。咸丰帝为此特封兰贵人为懿贵妃，即后来统治中国长达半个世纪的慈禧太后。同时钦赐邓氏树德堂堂主邓发一件四品朝服黄马褂、一个手折子（相当于进出宫廷的通行证），并为其所制阿胶赐"福"字，"福牌阿胶"自此诞生。清同治年间，朝廷每年指派四品钦差监制邓氏树德堂生产阿胶，专供朝廷使用。熬制阿胶需精工细作，一次制胶历经九天九夜，又被称为"九天贡胶"。脍炙人口的传说故事，伴随着阿胶制作技艺传承发展，生动塑造了阿胶深厚的历史底蕴与特色中医文化，同时也激发了当地民众对民间特色的认同感与荣誉感。

福牌阿胶

近代以来，福牌阿胶虽历经时光浮沉，但阿胶的品质一直受世人所称道，福牌阿胶的金字招牌被擦拭得越来越亮，一直矗立在行业发展的潮头。1915 年福牌阿胶荣获巴拿马万国博览会金奖即是最有力的见证。新中国成立后，政府将邓氏树德堂、涂氏怀德堂等东阿镇阿胶老字号合为一体，投资建立了全国第一家全国国营制胶专业生产厂——平阴阿胶厂（现为山东福牌阿胶集团有限公司）。该厂继承东阿阿胶制作工艺精华，沿袭饮誉中外的"福"牌，经国家工商总局注册为独家专用商标。

新时代以来，福牌阿胶制作技艺被列入国家非物质文化遗产代表作项目名录，福牌阿胶荣膺"中华老字号"，在赓续中医药文化的历史进程中，福牌阿胶将绽放出新的时代光彩、展现出新的蓬勃生机。

2. 宏济堂

《大宅门》里有原型

在电视剧《大宅门》中，主人公白景琦顶天立地、个性鲜明，一生快意恩仇，生动演绎了同仁堂少东家乐镜宇的传奇人生。剧中白景琦创办的百草厅正是乐镜宇在济南创办的宏济堂。济南宏济堂与北京同仁堂一脉两支、同祖同宗，创建于清光绪三十三年（1907），以旺盛的生命力传承发展至今，是我国中医药文化的传承者和弘扬者，与北京同仁堂、天津达仁堂并称为"江北三大名堂"。

济南宏济堂创始人乐镜宇出身于北京同仁堂，于光绪二十八年（1902）赴济南出任山东候补道。时任山东巡抚杨士骧颇知乐氏出身医药世家、擅长医药，遂拨官款白银两千两，委托乐镜宇兴办官药局。随后，杨氏因设立官药局违反清廷律条而被参去职，加之官药局自身经费不足、难以为继，乐镜宇因而缴还官款、斥巨资取得官药局所有权，并于光绪三十三年（1907）在济南院前街（今泉城路170号）租一门面开办药店，正式创办"宏济堂"，取"宏业济民"之意，对外宣称乐家老铺济南宏济堂。作为济南第一家京系国药店，宏济堂从选材、

宏济堂博物馆

炮制、经营等诸多方面均遵循北京同仁堂的规定，诸如"非一
等货、陈货、有杂质的、非药用部分、非产地最佳"的选料原
则、"炮制虽繁必不敢省人工，品味虽贵必不敢减物力"的制
药主张、"修合无人见，存心有天知"的经营理念、"贪财、
贪名、懒学、术庸、轻穷"的"五不登堂"规矩等等，形成了
选料地道、用料务真、遵古炮制、追求品质的经营底色。

　　宏济堂创立伊始，乐镜宇秉承祖训做好药，因考虑到所经
营的品类、配料方法相仿，于是他结合济南当地中医药优势，
紧紧抓住阿胶这一产品来打造品牌药，于宣统元年（1909）在
东流水街创办宏济堂阿胶厂，又重金聘请了阳谷县历代为皇室
熬胶的世家传人刘怀安。为消除阿胶携带的驴皮腥秽气味，他
们经过苦心研究，多次试制，研制出九昼夜精提精炼法，生产
出的阿胶甜脆可口、味道清新、疗效显著，行销上海、广州、

浙江、福建及日本、东南亚，曾在 1915 年巴拿马国际商品博览会上荣获优等金牌奖和一等银牌奖。

新中国成立后，宏济堂虽历经公私合营、企业化改制等变革，但这一金字招牌始终屹立不倒。宏济堂于 1995 年被国内贸易部评为首批中华老字号，宏济堂中医药文化业已被列入国家级非物质文化遗产代表性项目名录。时至今日，宏济堂始终践行医者仁心的普世原则，将"宏济"的释义由"宏业济民"扩充为"宏德广布，济世养生"，赋予了其新的时代内涵，昭示着新的时代辉煌，也孕育着齐鲁中医药文化的又一经典。

3. 泺口醋

手工"扒缸"酿香醋

自古开门七件事，柴米油盐酱醋茶。在济南，提到醋，自然就能想到享誉全国的优质特产——泺口醋，"济南府的酱油洛口的醋"享誉至今。洛与泺在济南经常混用，泺口醋也被称为洛口醋。泺口醋以古泺口镇命名，色如琥珀、脂香浓郁、酸甜柔美、营养丰富，稠浓程度能够达到"挂碗"水平，搁置久些可浓缩成"醋膏"。据当地盛传，取一小杯"醋膏"浸水即可复原一缸上好泺口陈醋。泺口醋传承至今已有三百余年的历史，与糖醋鲤鱼、爆炒腰花等经典鲁菜彼此成就、相互彰显，"醋中茅台"的美誉不胫而走。

泺口因泺水汇入古济水处而得名，泺水是由趵突泉等济南城内的众多泉水汇流而成的。历史上，泺口一直是重要的渡口，金代在此设镇。这里的先民们早就有用甘甜泺水酿醋的习俗。清代时，泺口镇即有永成、信诚等享誉齐鲁的醋坊十余家。1914年在山东省第一届物品展览会上，泺口吴氏信诚醋坊的泺口醋获金牌奖章，1915年又在巴拿马国际商品博览会上荣获金牌奖章。1928年《历城县乡土调查录》记载："醋出于泺口镇，四十余家，行销于北京、天津、上海等处。"1934年作家罗腾霄在《济南大观》中盛赞："醋为泺口名产，以'信诚号'和'广盛号'为著"。从古至今，泺口醋一直承载着济南的味觉记忆，早已化身为泉城的味觉符号，自泺口码头销往全国各地，日益成为一个展现齐鲁饮食文化的高品质代名词。

传统酿醋工艺是泺口醋的灵魂所在。随着时代的演变，酿醋工艺也在不断地改善，但复杂而烦琐的核心工艺仍延续至今，其中以手工"扒缸"工艺最为典型。相较于机械化生产的冰冷与重复，"扒缸"工艺始终带着一种手工的温度和醇厚。扒缸师傅手戴铁指甲在缸内徒手搅拌酿醋原料，用来调节温度促进发酵。整个过程需要扒缸师傅根据实际情况进行人为判断，对手工技艺和经验要求颇高，如若翻搅不均或者漏扒，将会严重影响醋的产量和品质。发酵后再经历半月左右，原醋方才"千呼万唤始出来"。之后，原醋贮入大缸陈酿，历经春风吹拂、夏日晾晒、秋季霜降、冬天捞冰等四季考验，达到上乘品质。酿醋的大缸也是极为考究的，每一处细节都不容忽略，挑选酿醋大缸时，缸体厚薄、缸口大小、缸壁坡陡均有着严格要求，一般而言，前期发酵采用高、厚、大、陡的细陶缸，后期发酵则用低、薄、中、墩的砂纹缸，从而确保发酵过程中每个环节的均匀透彻，这也是酿造"酸、甜、清、亮、香"的高品质洛口醋的关键所在。

历经沉浮，洛口永成、信诚等老字号醋坊已消失在历史的烟尘中，但洛口醋酿制技艺至今不衰，已被列入山东省省级非物质

洛口醋手工"扒缸"工艺

文化遗产代表性项目名录。时至今日，洛口醋承载着老济南人可待追忆的温情与温馨，依然是济南人餐桌上不可或缺的调味品。

4. 锡雕

乾隆皇帝女儿的嫁妆

一把锤子，一块锡板，敲敲打打，一件锡器作品便已现雏形。锡之为器，自上古而绵延至今，历来为世人所重。人们常用"锡福遐龄""恩锡遐龄"的吉祥词汇向长者表达祝福，也常常借用"锡器"谐音"喜气"的美好寓意来馈赠亲友。锡壶者，惜福也。如此，锡制的酒具、茶具、礼器、文房四宝等在民间使用广泛，与百姓的生活息息相关。济南莱芜地区有着丰

富的锡矿资源，锡雕工艺可追溯至明朝晚期，至清初已十分盛行，婚丧嫁娶、馈赠亲友均以锡器为贵，当时锡器从业者不下千人，规模蔚为壮观。

　　锡雕"色如银、明如镜、声如磬"的外形特征和"文质彬彬，然后君子"的造型理念，散发着端正、平和、包容的君子之风。据载，莱芜西关王家锡雕创始人王时行生于清康熙年间，自幼聪明好学，家人都期望能中进士入仕为官，而他唯独对制锡手艺感兴趣，将所有心思都用在了做锡器上。他做的东西十分讲究装饰，在锡器表面饰以花鸟鱼虫、诗词歌赋、祥瑞图案，有效提升了锡器的观赏性与艺术性。自此，锡雕逐渐由生活用品转向艺术品，王家锡雕也成了当时文人墨客、达官显贵竞相推崇的"香饽饽"，后来更是被选为皇室贡品。相传，清乾隆皇帝格外喜欢锡雕制品，闲暇之余不时吩咐身边的小太监取来把玩欣赏，常会爱不释手。乾隆三十七年（1772），他最喜爱的女儿嫁入孔府时，曾专门派人到莱芜王家定做了108件满汉

锡雕作品《盛世和谐》

全席全套锡雕餐具作为嫁妆。史料对此确有记载："乾隆女婿嫁至曲阜，由京派人于莱芜定制"。如今，这套锡器仍被珍藏在孔子博物馆。一片片锡片经过一双双巧手的不断锤炼、反复打磨，成为文化载体流传至今。循着历史的足迹，数百年的锡器仍闪烁着夺目的光彩，诠释着一代代锡雕艺人的工匠精神。

莱芜王家锡雕之所以能从全国众多制锡作坊中脱颖而出，获得皇家赏识，是因为其锡雕作品兼具了实用性与艺术性。仅仅作为实用物品，锡雕制品远远比不过金银器皿，而锡雕艺人赋予作品的艺术工艺则是让其脱颖而出。创作一件锡雕作品，通常要历经设计、选材、化锡、制板、焊接、铣磨、雕刻等十余道工序，需用锻、塑、雕、焊、镶嵌等多种技法，特别是雕刻技法，往往会凸雕、线雕、浮雕等并用。品质上乘的锡雕作品，不仅造型紧凑、简约玲珑、收放自然、比例协调，而且还需手工将作品表面抛光，抛光度均达十级以上，光可鉴人。历经数代人的传承发展，莱芜锡雕的影响力与知名度越来越高，在国内外大放异彩，锡雕作品于1914年在美国全球物品博览会上荣获"巧手如神""巧夺天工"两项金奖，1915年在巴拿马万国博览会上获得"国际银质奖"。

锡雕这门传统的雕塑艺术，蹚过了历史的长河，经历了时代的变迁，工艺愈加精纯，目前已被列入国家级非物质文化遗产代表性项目名录。新时代、新需求，莱芜锡雕传承人将不懈努力更新创意、创作新作品，精益求精，推动锡雕融入现代生活，焕发新的光彩与活力。

5. 兔子王

老济南人的中秋记忆

兔子王，白面、红唇、长耳，兔面人身，外披红袍盔甲，手持捣药棍儿，后插背旗，一副威风凛凛的派头，与月饼、水果并称为济南中秋节不可或缺的"三大件"，是老济南人无法抹灭的中秋记忆。兔子王以黄河细胶泥为原料制胎，内含黄河文化精神特质；施以彩绘，突显民间喜庆文化；以丝线牵动手臂做拱手捣药状，体现了中国传统作揖之礼，诠释出济南人民及这座城市文质彬彬的文化气质。

兔子王的传说在济南广为流传，生动的传说深刻阐释了兔子王与济南的泉水文化、中秋文化息息相关的文化内涵。相传在很久以前，有种怪病在济南蔓延，全城百姓苦不堪言，恰逢中秋时节，在月宫负责捣仙药的玉兔知道后，噙着药饼从云彩中钻出来，落在济南的巷子里。面对偌大的城市，它竭力想办法把药分给百姓时，忽然听到泉水声，于是灵机一动，把药饼捣碎，投在 72 名泉中，泉水立刻变得清澈甘洌。老济南"家家泉水，户户垂杨"，仙药随着泉水流遍整座城的大街小巷，喝了泉水的百姓很快得到痊愈。后来，受到恩惠的百姓为感念玉兔，每逢八月十五月圆之夜，家家户户都供奉泥塑的玉兔，并亲切地称它为"兔子王"，这寄托着济南人身体健康、平安吉祥、阖家幸福的美好愿望，也彰显了"滴水之恩当涌泉相报"的良好风尚。

兔子王传统形象

正月十五看花灯，八月十五看兔子王，这是流行在老济南的重要习俗。民间相传，泥塑兔子王最早出现在明末清初，至清末民初最为兴盛。当时，兔子王作坊众多，涌现出周氏、谢氏、米氏等三十多家，各家制作的兔子王样式不一、大小不等、种类繁多。每到中秋节前，从济南普利门到舜井街的主干道上，一摞摞"兔子山"、一个个售卖摊铺，成为老济南中秋佳节的盛景。每逢中秋之夜，家家户户在庭院对月设香案，案上供奉兔子王、月饼和时令瓜果，虔诚祈祷全家幸福安康。祭祀之后，兔子王遂成为孩童手中的玩具，一旦拉动兔子王的机关，兔子王即会呈现出玉兔捣药的形态，憨态可掬，惹人喜爱。同时，老济南人还常常在中秋节将兔子王作为走亲访友的绝佳礼品，按照尺寸大小，赠送老者多为八十厘米的大型兔子王，赠送孩童多为二十厘米的小型兔子王。曾久居济南的作家老舍在《有了小孩之后》中提到"中秋节上街买了两尊兔子王"送给孩子玩耍，老济南人尊老携幼的情感、喜不自胜的乐趣在无形间得到展现。

长期以来，兔子王以戏曲化的脸谱、兔形人神的形象和礼俗互动的意象，汇聚着济南当地民众的生活、信仰和文化，成为寄寓济南人美好生活希望的吉祥物。新时代下兔子王的形象和功能业已随着时代变化而生发出新的内容，泥塑兔子王被列入山东省省级非物质文化遗产代表性项目名录，频频亮相中国非物质文化遗产博览会、山东省文化和旅游博览会等重大展会，持续受到当代人的青睐和追捧，已然成为彰显泉城特色的文化艺术符号。

6. 章丘铁锅

万锤成器的不粘锅

"十二道工序，十八遍火候，一千度高温锤炼，三万六千次锻打"，这是章丘铁锅的手工锻造过程，也是章丘铁锅富有生命气息的灵魂所在。章丘铁锅出自"铁匠之乡"济南市章丘区，制作工艺考究，经久耐用、有口皆碑，彰显出章丘铁匠精益求精、追求卓越的工匠精神，可谓工艺、产品与精神兼备。经《舌尖上的中国（第三季）》播出后，章丘铁锅一夜爆红，求购者络绎不绝，一时间"洛阳纸贵，章丘无锅"，这一切的背后其实是章丘匠人初心不改的自然结果，也是章丘铁匠文化底蕴的深刻诠释。

章丘铁锅锻打技艺十二道工序

　　章丘自古以冶铁、制铁而闻名天下。据载，章丘冶铁历史始于春秋时期。西汉武帝时期，全国设置铁官46处，其中章丘境内就有东平陵1处。至唐朝时期，章丘冶铁业更加兴盛。与之同时，还催生出数量庞大、分布广泛的章丘铁匠群体。相传过去"一人生火，全家打铁；祖辈相传，子孙接续"，在铁匠们走南闯北、游走四方中，"章丘铁匠遍天下"之说广为流布。坊间传闻，京城打铁名家曹盛永在习得满族京勺（马勺）制作技艺后，于清朝末年从京城迁到济南，在正觉寺开办打铁铺，并创立了"同盛永"铜勺店。民国时期，曹盛永的徒弟、章丘匠人吴运甲、吴运茂兄弟俩将店铺迁到山水沟一带（今济南市历下区趵突泉南路），并在师传技艺基础上加以发展，打制的锅具轻巧好使、持久耐用，享有"锻打三万六千锤，勺底铮明颜色白"的美誉，备受汇泉楼、聚丰德、燕喜堂等济南名店主厨的青睐。新中国成立后，章丘铁匠主动适应生产生活环境的变化，依托生产队或家庭作坊，将铁锅锻打技艺传承发展至今，使得章丘铁锅成为章丘铁匠文化的重要标识。

　　章丘铁锅之所以质量上乘、口碑载道，备受世人追捧，其关键在于章丘铁匠世代传承的传统手工锻造技艺。章丘铁锅制作工艺考究，主要包括画线量材、剪裁、高温加热、锻制把手、锻制锅形、矫正把手、锻除氧化层、表面抛光、连续三次冷锻等十二 道工序，热锻冷锻相结合，手工锻打千万锤，直至锅如明镜，达到摸不到锤坑、看得见锤印，锤印像水一样向下流的"走铁"效果。锻打好的锅具一体化成型，锅体深浅合适，内壁弧度恰到好处，锅底呈圆弧状，这样可以受热均匀、容易颠翻。章丘铁锅最大的特点，就是不粘，即便是一道最简单的清水炒鸡蛋，不放一滴油，也能做到丝毫不粘锅，足可以见其独特之处。对章丘铁锅而言，"万锤成器的不粘锅"是一种客观评价，也是一种真实褒奖。

　　千锤百炼、锻打成型，是归宿，也是坚守的方向；不易粘锅、省油耐用，是品质，也是内心的踏实。如今，章丘铁锅锻打技艺已被列入山东省省级非物质文化遗产代表性项目名录，章丘铁锅作为集体商标也被成功注册，章丘铁锅正在以章丘区乃至济南市区域品牌的新身份，在新时代发展中，成为一张靓丽的城市名片。

7. 鲁绣

头发丝儿绣出齐风鲁韵

　　1964 年，济南刺绣厂绣制的毛泽东手书诗词《采桑子·重阳》在人民大会堂山东厅展出，周恩来总理对此赞叹道："这幅山东绣是一件很好的艺术品，每次看到都是一次很好的艺术享受……"这不仅是对鲁绣的赞美，还是对其所承载的齐风鲁韵的称赞。

鲁绣作为一种古老的传统刺绣工艺，是山东地区的代表性刺绣，属于"八大名绣"之一，因所用绣线大多是加捻双股丝线，结实似缝衣线，故又称"衣线绣"。鲁绣博采"苏、粤、蜀、湘"四大名绣之长，而又独具一格，普遍围绕民间喜闻乐见的人物、民间故事、百花鸟兽等内容，以暗花织物作底衬，以彩色强捻双股衣线为绣线，采用齐针、缠针、打籽等针法，集抽、勒、锁、雕等工艺于一体，色彩淡雅、构图优美、虚实适宜、形象逼真，堪称我国北方刺绣的代表。

十指春风，一绣千年。鲁绣是历史文献中记载最早的一个绣种，最初源自山东远古人的养蚕生活，与中华文明发展史同步共轨。春秋时期，鲁绣日趋兴起，"齐纨""鲁缟"之名肇始于此。至汉朝时期业已普及，史载："齐郡刺绣，恒女无不能者，目是而手狎也。"同时还出现了专门为绣业设置的"服官"，"齐三服官作工各数千人，一岁费数巨万"，当时绣业的昌盛可窥一斑。作为旧时代"女红"之一，鲁绣也是山东地区女子必学的手艺，过去农家大多有一种叫做"撑子"的绣花架子，一代代绣娘在上面飞针走线，灵活运用技法在衣裙、手帕、被褥、肚兜、鞋帽等布料上绣织出一系列美丽的图案，并总结提炼出"红间黄，喜煞娘""红搭绿，一块玉""紫是骨头绿是筋，配上红黄色更新"等配色口诀，将普通百姓对日常生活的赞美、美好日子的期盼绣入其中，也将齐鲁儿女真诚淳朴、文质彬彬的人文特质渗入其里。

在鲁绣的传承发展中，衍生出衣线绣、云龙绣、抽绣等数十种独特绣种，济南发丝绣即为其中典型绣种之一。发丝绣，又称"墨绣"，清朝出版的《顾绣考》中就有"远绍唐、宋发丝绣之真传"的记载。济南发丝绣是继承山东民间传统发绣基础上将人发与丝线结合施绣，绣制时所用的人发是经化学技术脱脂、染色后形成的，一根发丝可劈成32股，每1套色线均多达18种深浅浓淡的颜色，拓宽延展了传统发绣的表现能力，即从只能绣"白描"发展为"润色"，尤其以表现中国书法和中国画的笔墨效果最为见长。发丝绣手艺人手持绣花针，或用几缕丝线，或用染色的发丝，综合运用滚、旋、缠、套、施、乱、切、扣等针法，在薄如蝉翼的蚕丝布上穿梭，所制绣品清隽淡雅、质感逼真，具有较高的艺术欣赏价值。

鲁绣传承人绣制《鹊华秋色》图

千百年来，飞舞的绣花针承载着历史、文化与民族的情感，在一穿一引中绣织出美丽的鲁绣发展画卷。如今，鲁绣发丝绣已被列入山东省省级非物质文化遗产代表性项目名录，传承人也将怀揣着对鲁绣的热爱，以针为笔、以发入绣，创造出不负时代的鲁绣佳作，向海内外展现针线穿千年、绣针绘乾坤的鲁绣风采。

（二）艺术风采

1. 济南皮影戏

中国最早的卡通动画

一口道尽千古事，双手对舞百万兵。皮影戏又称"影子戏""灯影戏"，是一种将兽皮或纸板做成人物、场景的剪影以表演故事的传统戏剧，表演者居于白色幕布之后，一边操纵影人，一边演唱，同时配以乐器，富有浓郁的乡土气息，在我国民间流传广泛。在发展过程中，皮影戏不断融入各地特色文化而形成不同的皮影戏流派，济南皮影戏便是其中颇具代表性的一个分支。

据济南皮影戏老艺人讲，济南皮影戏源于寺庙演出，唱腔与过去寺庙讲善书（一种说唱形式）的调子相近，伴奏乐器也与善书所用的鼓、钹、木鱼等一脉相承。在明清时期的寺庙里，常以善书、皮影戏等表演形式传播倡导积善行德等道义主张，清朝文学家蒲松龄在《日用俗字》中有"撮猴挑影唱淫戏，傀儡场挤热腾熏"的描述，印证着清初济南府及附近区域的寺庙中皮影戏流行的盛况。另有一说法，济南皮影戏源于滦州皮影，古时滦州指今河北省滦县及附近一带，滦州皮影发展至清朝后期，内容、形式日益丰富，在华北地区广为流传，有着深厚的群众基础。相传，清末历城县有一位新上任的知县，因缺少经验不敢断案，在看了许多审案题材的皮影戏后，受到启发并悟出了其中道理，从而提高了断案的信心和水平，逐渐成为一位善于审案、经验丰富的县官。传说承载着普通百姓的心声，也彰显出皮影戏在丰富人们娱乐生活、传播文化知识以及满足民间审美需求等方面的强大社会功效。

济南皮影戏传承人表演现场

真正让皮影戏扎根济南并发扬光大的是皮影戏艺人李克鳌。清末民初，随着济南开埠、胶济铁路和津浦铁路相继开通，济南工商业、文化娱乐业迅速崛起，南北各地的戏曲、曲艺流派艺人纷纷来济南登台献艺、谋求发展。1917 年，皮影戏艺人李克鳌由邹县迁居济南，以演出皮影戏谋生，先后在泺口、趵突泉、南岗子等地演出，正式揭开了济南皮影戏发展的序幕。新中国成立后，济南皮影戏积极融入时代发展洪流，开展外出巡演，1955 年，济南皮影戏参加全国第一届木偶皮影会演，在中南海怀仁堂为党和国家领导人表演。20 世纪 80 年代，济南皮影戏艺人完成了十集《西游记》剧目的录制，分别在中央电视台、山东省电视台连续播出。

济南皮影戏影人线条粗犷，造型写意夸张；腔调曲调最初为"摩调",属平淡的吟诵性演唱,后来吸收了山东琴书、西河大鼓和五音戏等说唱风格,增强了艺术感染力;舞台语言多为济南方言,诙谐幽默、节奏铿锵,富有浓厚的生活气息。演出剧目较为丰富,连本戏、单本戏、折子戏皆有,代表作有《西游记》《封神榜》等传统剧目以及《荷花仙女》《趵突泉传说》等创新剧目。

如今,济南皮影戏已被列入国家级非物质文化遗产代表性项目名录,并作为中国皮影戏的重要组成部分,被联合国教科文组织列入人类非物质文化遗产代表作名录。济南皮影戏以其独特表演形式和唱腔风格,凝聚成了一个闪亮的文化符号,使济南这座历史名城始终保有朴实而绚烂的文化底色。

2. 莱芜梆子

醇浓乡音的家国情怀

"跑断腿,磨破脚,还不知赶上磨旦子出角不出角……"这首莱芜地区脍炙人口的歌谣里提到的"磨旦子",指的便是莱芜梆子领域的一位著名老艺人。舞台上莱芜梆子演员潇洒自如的身段,激越高昂的唱腔,韵味醇浓的乡音,都深深镌刻在了观众的记忆里。一曲终了,梆声琴声诉不尽百年衷肠,乡音乡情在心间萦绕涤荡,这就是莱芜梆子的艺术魅力。近二百年来,莱芜梆子以独具特色的"讴腔"深受鲁中地区人民的欢迎,被大家亲切地称为"家乡戏"。

莱芜梆子起源于清道光三十年(1850),著名徽戏班社"老阳春"循四大徽班进京之路北上，至泰安夏张定居下来，开始在泰沂山区一带演出。此前，起源于陕甘地区的"秦腔"已经河南流传至鲁西南汶上一带，形成了特色鲜明的本地梆子腔，这种梆子腔粗犷高昂、热情奔放，比徽戏更加符合泰沂山区人民的性格和趣味。随着梆子腔影响力不断扩大，为了争取观众，"老阳春"逐渐吸收了梆子腔的艺术特长，随着本地演员越来越多，受莱芜方言、文化习俗、群众喜好等因素的影响，被吸收而来的梆子腔不断发展演变，最终形成了风格独特的莱芜梆子。丰厚的文化积淀、浓郁的地方风情，让莱芜梆子在地方戏曲舞台上光彩照人、卓然独立。

莱芜梆子艺术特色鲜明，在唱腔方面表现得尤为明显。男腔用假声翻高、往里吸气演唱的立嗓和女腔尾音翻高八度、使用假声演唱的小嗓，称为"讴腔"，是莱芜梆子的精髓。演唱

莱芜梆子《长勺之战》剧照

时男腔高亢雄壮、刚劲挺拔，女声清亮高昂、典雅婉转，可以取得一般演唱所不能表达的艺术效果。行腔流畅，旋律平缓，没有大幅度的变化和音符跳跃。边唱边舞的表演风格，热情粗犷、气氛热烈、生活气息浓重，《赵连岱借闺女》《送猪记》《红柳绿柳》《三定桩》等一批富有喜剧色彩的经典剧目备受关注。随着时代的发展，莱芜梆子历经兴衰沉浮，逐渐从民间零散班设发展成为正规化的专业团体。自1954年莱芜梆子建团以来，已挖掘、整理、复排传统剧目382个，编创新剧目133个，随着剧目资源不断丰富，题材也更加多元，涌现出了一大批主旋律突出、反映现实生活、讴歌时代精神、颂扬家国情怀的精品力作，有反映新农村建设的《城市村官》、以精准扶贫为主题的《第一书记》、歌颂时代楷模的《沃土仁心》、弘扬廉洁文化的《儿行千里》等。莱芜梆子先后有100余件文艺作品获省级以上奖励，曾数次进京演出，受到中央、省市领导的高度赞扬。

滔滔汶河水奔腾向西流，百年梆子戏声声唱不休。长期以来，莱芜梆子以它独特的艺术价值在历史的长河中不断发展，极大丰富了当地群众的精神文化生活。随着被列入国家级非物质文化遗产代表性项目名录，莱芜梆子的影响力和知名度不断提升，在艺术发展之路上将再迈新台阶、再攀新高峰。

3. 鼓子秧歌
北方男子舞蹈的代表

黄河文化育中华，齐鲁大地一奇葩。

鼓子秧歌震寰宇，气壮山河舞天涯。

这是 1992 年时任中国舞蹈家协会副主席的贾作光先生欣然为商河鼓子秧歌亲笔题写的诗句。商河鼓子秧歌是鲁北平原孕育的一种传统民间舞蹈，是承载着数十万商河人集体乡愁的特色文化符号，位居"山东三大秧歌"之首。它以粗犷豪放的表演风格，刚健有力的舞姿，无往而不胜的英雄气势，丰富多变的舞蹈阵图，备受全国瞩目，被誉为"北方汉民族男性舞蹈的代表""中国民间舞蹈的典型"。

鼓子秧歌以前被称作"跑十五""跑秧歌""小鼓子"等，至 20 世纪 60 年代，"鼓子秧歌"这一称谓在专业舞蹈领域内流行并沿用至今。关于鼓子秧歌的源流，主要有庆丰收说、战争说、祭祀说等。庆丰收说认为商河县位于黄河岸边，常遭洪涝之灾，农民为了生计不得不辛勤劳作，抗洪抢险，为庆祝来之不易的丰收年节，便会自发拿起身边的生产生活工具载歌载舞。随着社会的发展，参与人数越来越多，可供敲打的锅碗瓢盆、可供挥舞的锨叉镐锄以及可舞出优美造型的雨伞手帕逐渐演变成专业的伞、鼓、棒、花等道具。战争说是从商河鼓子秧歌的仪式得出来的，商河鼓子秧歌角色齐全，分为秧歌头、炮手、博士、伞、鼓、棒、花、丑等，组织分工类似于军事编制。演出流程分"扬威"（行程）、"列阵"（圆场）、"对阵"（文场）、"厮杀"（武场）、"胜利"（八趟）等五部分，同时阵图变化多样，"迷魂阵""走麦城""八门金锁"等 108 种阵法多取材于军事战阵。祭祀说认为鼓子秧歌在演出前要举行

祭祖仪式，明清时期通常在元宵节前后祭神祭祖，鼓子秧歌节令性表演时间便由此确定。

商河鼓子秧歌按照表演程序分为行程与跑场两部分。行程是队伍在行进或进入场地前的舞蹈；跑场则是表演的主体，又有文场与武场之分。文场即变换队形图案的"跑"，演出队员按照图案的表演路线快速穿行，交叉动作间隔均匀、有条不紊，跑起来脚下生风；武场主要表演"打"，即演出队员按规定路线原地或走动做出勇猛、有气势的武打动作。表演中各角色分工明确，其中伞舞是秧歌表演的灵魂，起着统帅作用，分为插伞、扛伞、举伞等，它们风格各异，动作稳健潇洒，兼具美、情、神的艺术魅力；鼓子的舞姿气质、神情体现着刚毅劲健，诠释着男性的雄壮；棒则洒脱利落，步法轻盈自如；花则动作优美，泼辣大方；丑则表演滑稽，幽默风趣。

商河鼓子秧歌整场演出既深得"武圣"兵法精髓，进退攻防招式鲜明；又深获"文圣"妙法，礼仪规范中规中矩，一招一式皆法度，一颦一笑皆是礼。村村秧歌队，人人是演员，上至九十九，下到刚会走，会走就会扭……这就是商河的真实写照。如今，商河鼓子秧歌已被列入国家级非物质文化遗产代表性项目名录，并在日本、瑞典、澳大利亚等国际舞台频频亮相，在国内外掀起了商河鼓子秧歌"文化潮"。

4. 花鞭鼓舞

皇帝曾御赐黄龙绳

花鞭鼓舞是流传于商河县一带的民间舞蹈，旧时是集市上走街串巷的商人、艺人用于招揽观众或行乞者乞讨卖艺的工具，后来逐渐发展演变成纯粹的民间舞蹈艺术形式。花鞭鼓舞所使用的道具为红色腰鼓与彩色花鞭，舞者头系白巾，身着短衣，挎腰鼓于左肋下，双手各执花鞭击鼓起舞，人鼓合一，鼓舞相生，鼓声阵阵似万马奔腾催人奋进，花鞭沸腾似金蛇狂舞令人心旷神怡，既表现出了山东人的豪迈大气、乐观豁达的性格，也彰显了花鞭鼓舞特有的文化内核。

据老艺人口述，花鞭鼓舞源于清光绪二十九年（1903），由商河县张坊乡王辛村村民王立礼、王文义兄弟所创，当年王氏兄弟家境贫寒，长大后在外闯荡江湖，在北京时遇到流浪艺人李桂珍、李明雄兄弟，拜师习得花鞭鼓舞。宣统三年（1911），王氏兄弟在北京前门大街卖膏药时，现场表演花鞭鼓舞以招引雇主，恰巧被清廷官吏看中，遂被召进皇宫为皇帝表演，结果

在表演时拴鼓的绳子断裂，皇帝立即命人取来一捆皇家用品黄龙绳赐予兄弟俩，用以系鼓。御赐黄龙绳，不仅是身份的象征，更

花鞭鼓舞演出现场

是对花鞭鼓舞这种民间舞蹈的认可与赞赏。王氏兄弟回乡后，苦练技艺，并传授给当地艺人，由此花鞭鼓舞在商河逐渐发扬光大。

花鞭鼓舞原名为花鼓，首创时为单鼓，后发展为二人挎鼓对舞，因道具简便，宜于流动演出，曾被流浪艺人、行乞者在民间广泛传播，深受各地群众喜爱，久传不衰。至1949年新中国成立后，民间艺术得到新的发展，花鼓正式更名为花鞭鼓舞，增配了小镲并加唱词，艺术形式得到明显提升，内容也得以丰富与充实，表现力、感染力得到充分彰显，广受济南及周边地区人们的喜爱与欢迎，被全国及中央艺术团体视为民间优秀舞蹈之一。

传奇的故事见证了花鞭鼓舞辉煌的发展历史，一代代传承人的不懈努力与无悔坚守使这一民间舞蹈迎来了新时代发展的春天，花鞭鼓舞已被列入国家级非物质文化遗产代表性项目名录，吸引了越来越多的人特别是青少年关注、学习。在商河县的社区、校园会经常看到花鞭鼓舞教学、表演的场景，舞步大

开大阖，雄壮有力，击鼓万无一失，百发百中，动作整齐划一，赏心悦目……每一个动作都绽放着生生不息的生命力，诠释着奋勇前进、顽强拼搏的精神。

5. 章丘芯子

扛在肩上行走的戏台

章丘芯子，又称抬阁、芯子，是一种集服饰、色彩、化妆、装饰、表演和金属工艺等多种艺术形式为一体的民间艺术，因表演造型酷似蜡烛台上的灯芯而得名。喧闹的锣鼓声中，抬杆者踩着鼓点起舞，芯子杆上浓墨重彩的孩童上下弹动，衣袖挥舞间，彩带迎风飘扬，赢得围观群众的阵阵喝彩与掌声。这就是章丘人民在农历新年期间舞芯子的场景，现场人山人海，可谓万人空巷。

章丘芯子展演现场

章丘芯子属于中国古老扮玩中的一种形式，是章丘人民集体智慧的结晶，表现着一种力量与灵巧结合的美。在民众的历史记忆中，章丘芯子起源于明朝初年，最早是为了除魔祛疫保平安，后逐渐演化成了一种具有观赏性与艺术性的文化活动。关于芯子的起源，有这么一个传说故事，据说当时有一位年轻巫师来到章丘一村民家中为人们驱鬼降魔，在法事现场，巫师要求站在有两名成年男子抬起的木棍上。随着木棍上下颤颤悠悠地起伏晃动，他便手持拂尘，在上面随着节奏念念有词，从远处望去，犹如神仙下凡一般。此后，附近村民纷纷效仿，逐渐演变成了当地村民自娱自乐的一项民间扮玩活动，并向全国各地传播开来。

　　章丘芯子表演形式多样，依据表演人数与表演造型的不同，可分为桌芯子、抬芯子、扛芯子、转芯子等类型，演员主要由抬芯子的青壮年及在芯子上表演的5—7岁孩童组成。桌芯子是最早的"芯子戏"，在桌面上设计2—4人的戏剧角色，演员身着戏服表现出各种戏剧场面，经典节目有《梁祝》《西游记》等；抬芯子是受颤轿启迪而来，表演时两人抬芯杆，芯杆两端均固定铁叉以确保抬芯人的安全、稳定，中间固定铁架，铁架上绑扎的扮演各角色的小演员，随着鼓点节奏翩翩起舞，表演的戏剧人物多涉及《白蛇传》《三国演义》等；扛芯子是由一名身强力壮的成年演员用肩扛着小演员进行表演，小演员乘坐成人肩上的铁芯架，并由白色绑带扎牢固定，上下两名演员在鼓声中边走边舞，动作协调，配合默契，颇具观赏性；转芯子是让小演员在芯子架上翻跟头，表演时抬杆者需腰部微弓，双腿微屈，漫步轻摇，让抬杠上下颤动，小演员随着节奏起舞，并做翻跟头、倒立等惊险动作，常表演《王小赶脚》《西游记》等。

　　章丘芯子，这种扛在肩上行走的戏台，是章丘人民数百年来欢庆春节的重头戏，深受百姓喜爱，传承的是优秀传统文化，弘扬的是淳朴民风民俗，渲染的是浓浓的年味儿。章丘芯子已被列入国家级非物质文化遗产代表性项目名录，随着乡村振兴战略的全面推进，文旅融合发展步伐的逐渐加快，章丘芯子也将在新时代中焕发出新的活力。

（三）吃在济南

1. 草包包子

老济南的灌汤包

"到了济南府，草包来一笼；人生繁杂味，尽在腹中生"，这首浅短小诗道出了济南草包包子的家喻户晓，也道出了济南地区饮食文化的独树一帜。草包包子作为土生土长的传统济南名吃，始创于 20 世纪 30 年代，因创始人张文汉憨厚淳朴的绰号"草包"而得名，以馅多、汤鲜、味美而知名，是最符合济南人胃口的灌汤包，在济南的地位不亚于天津的"狗不理"。一屉屉新出笼的草包包子，白白的薄皮透出粉粉的肉馅，不变形，亦无塌架，蕴含着济南人"草包包子里是一兜肉"的智慧和实诚。

尝一口草包包子，入口的是香嫩无比的特有味道，入心的是悠远厚重的乡情历史。据史载，清朝末年，黄河下游重要码头济南泺口富商巨贾云集，食宿服务业兴旺发达，催生出纪镇园等诸多著名饭庄。草包包子创始人张文汉为泺口镇人，自少年时期就在纪镇园饭庄当学徒。他拜名厨李安为师，终日跟着师傅烧火、洗菜、切墩、干杂活，但因生性木讷，不善言辞，街坊四邻多称他为"草包"。至1937年，因侵华日军进攻至黄河北岸，张文汉只好携全家逃进济南城。为养家糊口，他打算凭手艺开设包子铺，但苦于缺少本钱而迟迟无法实现。随后，在济南名中医张书斋及亲友帮助下，在西门里太平寺街南段路西租了两间商铺和一间小套房。开业之前，张书斋应张文汉的起名请求，认为"草包"是一个响亮的店名，因此草包包子铺于1938年正式开业，草包包子也随着包子铺的创办向四方传播开来。

草包包子铺开业伊始，张文汉遵从师教，严守规程操作，调馅用肉随用随进，保持新鲜；刀切肉馅，配以笋丁或蒲菜丁，坚持用"醴泉居"酱油和小磨香油精心调制.他制作的包子馅多、灌汤、味美可口，购买者络绎不绝，生意日益兴隆。但太平寺街是济南老城区一处小街，远离闹市区，客流量有限，因而为扩大营业，张文汉遂将包子铺搬至繁华的大观园，并于1941年春节后开业。包子铺虽面积有限，但顾客盈门，远近闻名，生意非常红火。时值日伪时期，包子铺屡受恶霸的勒索敲诈，张文汉迫于生存压力，又一次将店铺搬至普利街冉家巷北口，制作的草包包子仍旧保持着原有的滋味，咸淡可口，经济实惠，深受广大食客的追捧。尽管草包包子铺三次搬迁历经风雨起伏，但草包包子的口碑始终屹立不倒，每到一处，即受到人们热烈欢迎。

草包之小，小到家家可做、人人爱吃；草包之大，大到承载着岁月的酸甜苦辣。百年来，草包包子伴随着济南的荣辱沉浮，业已成为彰显古老济南韵味的独特标识。草包包子选料精细，做工考究，花色多样，尤其将山东人对盐和汤的运用充分融合起来，以盐提鲜，以汤壮鲜。其中最具特色的是每一笼包子都用荷叶包装，一片荷叶一笼包子，肉香和荷叶清香融为一体，仿佛眼前便是大明湖的盛夏。如今，草包包子制作技艺已被列入济南市市级非物质文化遗产代表性项目名录，草包包子也将以独特工艺、香醇口味以及深厚的文化积淀融入新时代，创造新辉煌。

2. 甜沫

口味不甜还挺咸

泉城名吃有二怪：甜沫不甜，茶汤非茶。不知内情的人往往会望文生义地认为甜沫是甜的，等慕名前来品尝的时候却大呼"上当"，原来甜沫的味道一点儿也不甜，反而还挺咸，这也成就了甜沫在名吃界的"怪"名。作为济南最常见的名吃，甜沫是济南人四季皆宜的早餐标配，尤其是冬天，一碗热乎乎咸鲜可口的甜沫入口，不仅满足了舌尖上味蕾的需求，更可驱散冬日严寒，通体舒畅一整天。

每道美食的背后都有一段脍炙人口的经典故事，关于甜沫名称的典故同样在济南广为流传。据说，明末清初，天灾频仍，战乱连年，大批难民涌入济南，济南城中有一家田姓粥铺，时常舍粥赈济难民。喝粥的难民不断增多，粥铺为满足难民的需求，便在粥内加入大量的青菜以及辛辣调料。大家在排队等候时，看到锅内翻滚的粥上泛着白沫，便称之为"田沫"，本意为田家施舍的粥。当时一位落难书生饿得头晕眼花，食粥后觉得香甜无比，误将旁人口中的"田沫"当作"甜沫"。后来书生发迹为官，忆苦思甜，再来济南田家粥铺喝粥时，却尝不出甜沫中的丝毫甜意，后经询问才知这粥名为"田沫"，而非"甜沫"。为答谢当年一粥之恩，他便提笔为田家粥铺写下"甜沫"匾额，并吟诗一首：错把田沫作沫甜，只因当初历颠连；阅尽人世沧桑味，苦辣之后总是甜。

关于甜沫名称的由来，其他的说法也值得玩味。过去在济南，粥做好后，卖家会问食客："再添么？"就是问大家还需要在粥里再添点什么的意思，是否再加点粉条、豆腐丝、青菜之类的辅料，本为"添么"谐音传成了"甜沫"。另一种说法是，过去济南的这道早点叫"添末"，就是说在粥做好后会添加一些碎粉条、碎花生、碎菜叶以及调料末末，味道咸香怡人，后来谐音雅化为"甜沫"。民间传说中，甜沫与乾隆皇帝还有一段佳话，据说乾隆携大才子纪晓岚微服私访到济南邂逅了已然成为名吃的甜沫，君臣二人用餐后仍意犹未尽，对下一副妙趣横生的对联：咬口黑豆窝窝，就盘八宝酱菜，可谓杠赛；吃块白面馍馍，喝碗五香甜沫，不算疵毛。（杠赛，很好；疵毛，差劲——地道的济南话）。诙谐的故事无从考证，但故事中突显的文化自信却是真而切真的。

甜沫作为地方小吃，虽然很难上"大席面"，但做法却十分考究，上品的甜沫要用地道的龙山小米磨面，这样熬出的粥味道喷香。做甜沫还需讲究"倒炝锅"，先煮粉条、花生等，再加豆腐丝、青菜等，随后放盐、辛香料，水开后加入小米糊糊，要边加边搅，最后将葱花、姜末、油等倒入粥中，即可出锅。如今，甜沫已被列入济南市非物质文化遗产代表性项目名录，知名度越来越高，外地游客在遍赏济南名胜之余，往往会在街头巷尾追寻这道美食的咸香。

3. 把子肉

老济南的灵魂味道

一块把子肉、一碗米饭，是济南人日常标配套餐。济南人爱吃把子肉，吃进嘴里的是佳肴美味，流露在外的是豪放直爽的真性情。在济南的街头巷尾，"把子肉"的金字招牌随处可见，彰显出济南人对把子肉这一特色美食的情有独钟。

关于把子肉的得名，济南本地流传着两种不同的说法。一种是与祭祀活动相关，据说在古时年节祭祀之后，往往会把用于祭祀的肉切成长方块分发给参祭众人，以示上苍恩泽。由于这种长方肉块分割时须扎缚青蒲草或马蔺草，形成"扎把"样式，所以被称为"把子肉"。参祭众人把肉拿回家后用酱炖着吃，逐渐衍变成把子肉这种独特美味。另一种说法里，把子肉与桃园结义故事密切相关。相传东汉末年，战乱频仍，刘备、关羽、张飞三人惺惺相惜，决定拜把子。三人结拜后，身为屠户的张飞将猪肉、萱花、豆腐等放在一个锅里煮，于是诞生了把子肉的雏形。至隋朝时期，一位齐鲁名厨对这一做法进行了完善，精选带皮猪肉，放入坛子炖，并用秘制酱油调味，炖好后的把子肉肥而不腻、瘦而不柴、色泽鲜亮，深受老百姓的推崇，把子肉的盛名也随之不胫而走。诸多传说故事在众人大快朵颐中娓娓道来，承载着济南人对把子肉独有的偏爱，传承着历史悠远的齐鲁美食记忆。

据考证，清朝时期，鲁地即流传用草绳捆扎五花肉，加以酱油炖煮而成的把子肉，入口即化，香而不腻，与济宁甏肉并称为"山东二肉"。济南自主开埠后，吸引了八方宾客纷至沓来，1912 年，正泰恒干饭铺在商埠区纬十二路繁华地带开门营业，主营把子肉和米饭，迅速受到百姓追捧。1934 年，另一家以经营把子肉、米饭为主业的赵家干饭铺在大观园商场附近开张，因制作的食物色香味美，货真价实，备受当地人青睐。赵家干饭铺的厨师纪振华作为业内高手，制作的把子肉香烂味美，风靡全城。面对难得一见的商机，各类饭铺在济南各大繁华地带如雨后春笋般成长起来，"大米干饭把子肉"也久而久之成为济南地区广泛流行的独特饮食风景。

一块把子肉，香溢满泉城。把子肉酱香浓郁、肉肥不腻，入口有醇厚的余香，这一系列高品质特征离不开传承至今的独特制作工艺。把子肉选用肥瘦相间的五花肉，制作时将肉切成数块，用蒲草捆扎成一把，浸在酱油之中，后经猛火开锅、文火慢炖而成。虽是由浓油赤酱熬制，却不咸，趁热连肉带汁浇在米饭上，亦十分甘美。如今，把子肉制作技艺已被列入山东省省级非物质文化遗产代表作项目名录，把子肉也已经融入济南饮食文化生活中，与习惯"大块吃肉、大碗喝酒"的济南人相得益彰、相互映衬，形象展现出厚重朴实、直爽好客的济南人文特质。一块把子肉，口口留香，回味悠长，随着时代的发展，变化的是旧貌换新颜的济南城，不变的是济南人舌尖上的灵魂味道。

4. 黄家烤肉

三米深坑柴火烤整猪

在济南章丘系列特产中，黄家烤肉同章丘大葱、龙山小米、明水香稻并称为"章丘四绝"。黄家烤肉由明代济南章丘绣惠黄家湾一户黄姓人家创制，以整猪烤制为特征，以皮酥肉嫩、肥而不腻、瘦而不柴、久放长存闻名于世，为山东历史文化名吃。

黄家烤肉究竟源于何时？创制于何人？相关传说故事可谓众说纷纭、莫衷一是。目前流传最为广泛、当地民众认可度最高的传说则是，明太祖洪武二年（1369），黄氏先祖黄诚兄弟三人从冀州枣强县（今属河北）黄家窑迁入山东章丘，定居黄家湾。初来乍到，黄氏三人为解决生计选择以烤炙熟食为生，烤制最多的是猪羊等家畜。猪肉膘厚脂肥，烤后不仅颜色黑漆皂光，而且难以掌握火

章丘黄家烤肉

候，或烤化烤焦，或半生不熟。他们反复琢磨，终于想出一个妙计：出用土坯围成座炉，将肉挂入其中焖烤，巧妙解决了烤焦和不熟的问题。明朝末年邢侗的《章丘茅令君去思碑记》记述当时章丘县城的情况，提到"卖浆割炙，栉比鳞列"，是否包括黄家烤肉，不得而知。黄家烤肉技艺历经数百年传承，"三米深坑火烤整猪"的烤制工艺愈发成熟，"整猪烤炙，割而食之"业已成为济南家喻户晓的美食品牌。

黄家烤肉的独特风味，源自整猪焖炉挂烤的烤制技艺。这种挂烤技艺与北京烤鸭制作技艺有异曲同工之妙，当地民间盛传黄家烤肉与北京烤鸭颇有渊源。据说，有外地人慕名前来讨教黄家烤肉的做法，主人碍于情面，便把烤肉技艺传授给他。后来，此人在北京创办了烤鸭店，用黄家烤肉的方式烤制鸭子。随着生意的不断扩大，最终成就了如今举世闻名的北京烤鸭。又有不少当地人认为，北京烤鸭是山东人带着黄家烤肉技艺、章丘大葱等到北京创制的，北京烤鸭的挂烤技艺、"饼卷万物"的食法，就与黄家烤肉有着千丝万缕的联系，黄家烤肉也就成为北京烤鸭的"师傅"。每一个民间故事都是民众创造的家乡文化，承载着他们的情感与态度。如果这些故事有"抬高"黄家烤肉之嫌疑的话，那也是他们对黄家烤肉发自内心的赞美。这些世代相传的故事早已与黄家烤肉融为一体，成为黄家烤肉厚重的历史。

光阴烟火气，食典载春秋。新中国成立后，黄家烤肉声名远播，受到社会各界及外国友人的热捧。1956 年，黄家烤肉参加全国食品博览会，周恩来、朱德等党和国家领导人品尝后，给予较高的评价。1957年，柬埔寨国家元首西哈努克亲王来济南参观访问，专门点名品尝黄家烤肉。1998年，波兰驻华大使馆贾邦德克夫妇在品尝黄家烤肉后亦是赞不绝口。新时代以来，黄家烤肉制作技艺以其悠久历史、现世效用等丰富价值被列入山东省省级非物质文化遗产代表性项目名录，黄家烤肉已然成为鲁菜的一张靓丽名片。

5. 油旋

季羡林赞不绝口的美食

小小油旋六十层，色泽金黄技艺精。

一股葱香扑鼻来，外酥里嫩热腾腾。

形似螺旋更诱人，慢慢咂摸味无穷。

这首诗描述的就是色香味俱佳的济南传统名吃油旋。油旋外皮酥脆、内瓤柔嫩，葱香透鼻，表面油润呈金黄色，因其形似螺旋而得名。清代顾仲编撰的《养小录》中即有油旋的制作过程："和面作剂，擀开。再入油成剂，擀开。再入油成剂，再擀如此七次。灶烙之，甚美。"

相传，明嘉靖年间，齐河徐氏三兄弟常年在外闯荡江湖讨生活，在南京时习得南方甜饼制作技术。回到济南后，三兄弟在县东巷南头开了家烙饼店，并根据济南人的喜好和口味特点进行了改良，将甜口改为咸香口，还因地制宜地在烙饼中加入了当地特产章丘大葱制作而成的葱油等作料，烙饼一经上市便受到泉城老百姓的喜爱与欢迎，当时人们都称之为"徐家油旋"。清道光年间的凤集楼饭店、光绪年间的文升园饭庄都曾以经营油旋而闻名泉城，至民国初期，济南已有十余家经营油旋的店铺，油旋已然成为当时名扬全国的小吃。

　　小小的油旋与我国著名教育家、国学大师季羡林渊源颇深。季羡林自六岁起，就从老家临清来到济南投奔叔父，并在济南读私塾，上小学、中学，后来去北京上大学。在济南求学的这段时光为季老先生留下了太多难以磨灭的美好回忆，在他的《月是故乡明》《我的童年》等多篇散文中都追忆到了济南。季老先生特别喜欢吃油旋，却由于长居北京而不能经常吃到，山东大学的蔡德贵教授作为季老先生的弟子，每次来北京探望，则必定提前从张姓店铺中定做数十个油旋，一般是早上做好，中午赶到北京，让季老先生当天就能吃到。这不仅是蔡德贵教授到北京的固定"课目"，也是季老先生其他弟子每次赴京的必带之物。季老先生曾专门为做油旋的张姓店铺题字："软酥香，油旋张"，其对油旋的喜爱可见一斑。做油旋的张姓店铺由此更名为"油旋张"，从此"油旋张"的油旋也成了泉城普遍认可的小吃品牌。

　　季羡林所题"软酥香"三字恰如其分地概括出了油旋的特色：制作油旋要用纯正花生油手工和面，还要根据季节调配面团的软硬，制作过程中的揉、搓、擀、捏，都要反复进行七次，这样做出的油旋才可称之为"软"字；烤制过程要使用便于调节火候的煤炉，恰当的火候才能烤制出油旋的"酥"来；出炉的油旋用手按开，使油旋呈菊花状，令人垂涎的"香"味就弥

济南油旋

漫开来了。如今，油旋制作技艺已被列入山东省省级非物质文
化遗产代表性项目名录，济南的油旋店各有各的做法，做出的
口味也略有不同，但从每一个油旋中都能品尝到老济南的味道，
唤起老济南人的时光记忆。

6. 亓氏酱香源

"食安天下和"的文化范儿

　　"菊有幽芳，枣有灵黄，月明下，小院厨房。把鲜活料，
兑药材汤……通宵打理，直到晨光，道汁其浓，色其美，味其
香。"这首词牌为"行香子"的宋词就是酱肉作坊的真实写照，
由此可知酱肉历史之久远，在民间更是深入人心。在济南莱芜
区有一家传承百余年的老字号——亓氏酱香源，制作的酱肉色
泽光亮、口感鲜嫩、酱香浓郁，成为当地老百姓津津乐道的美
味佳肴。

　　据载，亓氏酱香源的字号起源于清道光二十四年（1844）

亓宗尼创办的"亓家菜"。亓宗尼本也走科考之路，潜心学习多年未能如愿，后选择弃考从商，开始学习厨艺，后来师从宫廷御厨。由于他勤俭好学，吃苦耐劳，学得了一手好厨艺，后回到家乡开办亓家菜馆，自创了"肉咸鱼淡菜清口"为特色的"亓家菜"。第二代传人亓益三秉承父业，在原有的基础上进行了系列改进，制作的酱肉色泽鲜艳，入口柔绵，肥而不腻，成为咸丰年间莱芜地区首屈一指的地方名吃。历经世事变迁，至民国初年，家传第五代传承人亓宝银将亓家酱肉技艺不断发扬光大，为了提升厨艺，他十一岁拜章丘旧军孟家高大厨为师，从厨房最基本的岗位干起，五年后在"亓家菜"的基础上进一步丰富了酱肉的制作品类，提高了酱肉的品质与口感，做出第一道酱菜"肴鸡"来，此后"亓家菜"便以酱肉制品为主，定字号为"亓氏酱香源"。亓宝银不仅擅长制作酱肉，还有一手烹制鲫花鱼（莱芜独产的本地鱼）的绝活，民间盛传："湖中鲤鱼海中鲳，不如亓宝银的鲫花香。"岁月倥偬，白驹过隙，历经春夏与秋冬的洗礼，终得今日亓氏酱香源的蔚然成荫。

在清道光年间的亓家食谱《亓元食章》中记载着这样一段话："兴家旺族，济世救民；酱香世家，仁和天下。"短短十六个字，却鞭策着亓家后人胸怀天下，用良心做食品，用人品做商品。早期坊间制作酱肉前，先要精选原料，掌门人选料时进门就高声问道："鲜吧？"采购肉料的伙计高声回答："鲜的！"加工时，问伙计："净吧？"加工制作的伙计回答道："净的！"下锅时，问掌火人道："诚吧？"掌火人回答："诚的！"掌门人与伙计们关于食材是否新鲜、清洗是否干净、配料是否足量的"一问一答"，生动阐释了亓氏酱香源诚信、厚道的经营理念。除了"安食"的理念外，酱制肉食的秘诀还在于"固汤"，即选用新鲜的牛骨、鸡、鸭，武火开、文火炖，再加入去腥佐料，做成"大汤"，还需往"大汤"内加入老汤，文火煮成"上汤"，冷却后封坛便成了陈年老汤，用陈年老汤酱制的肉食才更香。随着时代发展，为满足人民群众多元化需求，亓氏酱香源不断研发新产品，目前产品有酱鸡、酱牛肉、酱猪肉、酱猪蹄、酱肠等十几个品种。

民以食为天，食以味为先，味以鲜为先，鲜以洁为先。食者，安也。食安天下和。这既是亓氏祖训，更是其传承的文化理念。以食材的品质为根，撑起做人的厚道与底线；以天下和为己任，展现了老字号的家国情怀。亓氏酱香源已被列入国家级非物质文化遗产代表性项目名录，这块餐饮界的金字招牌将在新时代更加熠熠生辉。

参考文献

[1] 〔元〕于钦编纂:《齐乘》,中华书局 1990 年影印版。

[2] 〔明〕刘敕编著:《历乘》,崇祯六年(1633)刻本。

[3] 〔清〕胡德琳主修,李文藻、周永年编纂:《乾隆历城县志》,凤凰出版社 2004 年影印版。

[4] 严薇青、严民著:《济南琐话》,济南出版社 1997 年版。

[5] 中共济南市委党史研究室编著:《中共济南地方史》,济南出版社 2001 年版。

[6] 济南社会科学院编:《济南名士评传》,齐鲁书社 2002 年版。

[7] 安作璋、王志民主编:《齐鲁文化通史》,中华书局 2004 年版。

[8] 李耀曦著:《品读济南》,济南出版社 2008 年版。

[9] 苗尔澜、管萍著:《老济南商埠琐记》,济南出版社 2009 年版。

[10] 徐长玉主编:《济南文化通览》,山东人民出版社

2012 年版。

[11] 孙晓刚主编：《大美泉城》，济南出版社 2013 年版。

[12] 济南市政协文史资料委员会编：《品读济南非遗》，中国文化出版社 2018 年版。

[13] 周长风著：《流连在济南时光深处》，山东画报出版社 2019 年版。

[14] 安作璋、张华松主编：《济南通史》，人民出版社 2020 年版。

[15] 刘书龙编著：《济南历代游记选萃》，山东画报出版社 2020 年版。

[16] 侯林、侯环著：《济南名泉考》，济南出版社 2022 年版。

[17] 中共济南市委党史研究院编著：《济南简史》，济南出版社 2022 年版。

后 记

　　《丛书》（下编）的编纂，是在中共山东省委宣传部直接领导下完成的。省委常委、宣传部部长白玉刚同志统筹策划部署，并担任编委会主任，多次主持召开编委会会议，提出明确目标要求和指导意见。省委宣传部分管日常工作的副部长、省文明办主任、省新闻办主任袭艳春同志对本书的立项出版、风格设计等方面提出了许多宝贵意见。在魏长民、毕司东、程守田、张同海、冷兴邦等同志的大力指导支持下，以教育部人文社科重点研究基地山东师范大学齐鲁文化研究院为学术挂靠单位，组建了《丛书》编纂学术委员会，具体负责编纂学术指导、质量把关、终审定稿工作。山东师范大学特聘资深教授王志民任主任，山东大学儒学高等研究院教授杨朝明、中共山东省委党史研究院原一级巡视员韩延明、鲁东大学原副校长刘焕阳、山东齐鲁师范学院原副院长刘德增任副主任。

　　《丛书》（下编）为每市一卷共 16 卷，都列为山东省社科规划一般项目。在省委宣传部统一领导下，各市委宣传部负责本市卷的具体组织编纂工作。《丛书》编纂学术委员会制定了统一的《编撰体例》《编撰指导意见》；在主任全面负责下，分为 4 个片区，各由一名副主任作为首席专家具体指导，杨朝明教授：淄博、泰安、济宁、枣庄；韩延明教授：潍坊、临沂、日照、菏泽；刘焕阳教授：青岛、威海、烟台、东营；刘德增教授：济南、聊城、德州、滨州。各市委宣传部认真落实省委宣传部、编纂学术委员会的部署，大力支持编纂工作，组织有关部门与专家对提纲设计、样稿研讨、通稿定稿等关键环节，反复研讨、审议；各片区进行了多次研讨交流，相互借鉴，取长补短；各卷主编和全体编纂人员团结合作、齐心协力，付出了艰辛劳动。山东文艺出版社提前介入，对编纂工作和撰稿体例等提出了许多宝贵意见。在此，我们谨向为《丛书》编纂付出心血的各位领导、专家、作者和所有相关同志们表示诚挚感谢！

本册编纂，得到首席专家刘德增教授悉心指导，中共济南市委常委、宣传部部长戴龙成同志，分管日常工作的副部长、市文明办主任孙世会同志，二级巡视员赵善海同志给予多方关心支持；本市付道磊、王来勇、齐峰、范华阳等同志提出诸多意见和建议。主编董建霞全面负责本册的编纂工作。具体撰稿分工如下：王音、董建霞、耿仝撰写第一部分；李关勇、董建霞、蒋秀丽撰写第二部分；闫平撰写第三部分；刘丽丽撰写第四部分；付伟安撰写第五部分。

由于学识水平与编纂时间所限，不足之处在所难免，敬请专家和读者批评指正。

编者

2023 年 8 月